LE STELLE NORD

17

Laetitia Colombani

LA TRECCIA

Romanzo

TRADUZIONE DI
CLAUDINE TURLA

NORD

Titolo originale
La tresse

ISBN 978-88-429-3629-9

I edizione maggio 2018
I edizione Le Stelle Nord maggio 2024

In copertina: locandina francese a cura di Leroy & Rose;
foto Taha Ahmad © 2023 Curiosa Films – Moana Films
Forum Films (Braid) Inc. – Indigo Film – SND – France 2 Cinéma
Panache Productions & La Compagnie Cinématographique
Art director: Giacomo Callo
Graphic designer: Davide Nasta

LA TRECCIA

A Olivia,
a tutte le donne coraggiose

treccia s.f.

Gruppo di tre ciocche, di tre fili intrecciati.

... Simone, c'è un grande mistero
nella foresta dei tuoi capelli.

RÉMY DE GOURMONT

Una donna libera è il contrario
di una donna leggera.

SIMONE DE BEAUVOIR

PROLOGO

È una storia che inizia.
Una storia nuova, che prende vita
al semplice tocco delle mie dita.

Prima c'è la montatura,
per sostenere l'insieme, dev'esser solida la struttura.
Di seta o cotone, per il teatro o la città. Tutto dipende.
Il cotone è più resistente,
la seta più fine e discreta.
Occorrono i chiodi e un martello.
Soprattutto occorre andare piano.

Viene poi il turno della tessitura.
È il momento che preferisco.
Sul telaio davanti a me
i fili di nylon sono tesi tre a tre.
Prendere i fili,
annodare piano, per non spezzare.

E poi mille volte ancora ricominciare.

Amo queste ore solitarie, in cui le mie mani danzano.
È strano il balletto delle mie dita.
Scrive una storia d'intrecci e d'incroci.
Una storia che è mia.

Ma che non m'appartiene.

Smita

Villaggio di Badlapur, Uttar Pradesh, India

Smita si sveglia in preda a un sentimento strano, a un'urgenza dolce. Una farfalla sconosciuta si agita dentro di lei. Oggi è un giorno importante, un giorno che ricorderà per tutta la vita. Oggi, sua figlia andrà a scuola.

A scuola, Smita non ci ha mai messo piede. Qui a Badlapur, quelli come lei non ci vanno. Smita è una *dalit*, un'intoccabile. Una di quelli che Gandhi chiamava i figli di Dio. Fuori casta, fuori dal sistema, esclusi da tutto. Una razza a parte, giudicata troppo impura per mescolarsi agli altri, un rifiuto spregevole che va scartato, come si separa il grano dal loglio. Come Smita, milioni di altre persone vivono ai margini dei villaggi, della società, alla periferia dell'umanità.

Ogni mattina lo stesso rituale. Come un disco rotto che suona all'infinito la stessa sinfonia infernale, Smita si sveglia nella squallida baracca in cui vive, nei pressi dei campi coltivati dai *jat*. Si lava la faccia e i piedi con l'acqua che la sera prima ha preso al pozzo riservato ai *dalit*. Impossibile avvicinarsi all'altro, quello delle caste superiori, sebbene sia più vicino e accessibile. C'è gente che è morta per molto meno. Smita si prepara, pettina i capelli di Lalita, dà un bacio a Nagarajan. Poi raccoglie la sua cesta di giunco intrecciato, la cesta che era stata di sua madre e la cui sola vista le dà il voltastomaco, quella cesta dall'odore persistente, acre e indelebile, che porta tutto il giorno come si porta una croce, un fardello osceno. Quella cesta è il suo calvario. Una maledizione, un castigo. Forse per una colpa commessa in una vita precedente, da pagare, espiare. Questa vita in fondo non è più importante di quelle passate, né di quelle a venire, è solo una delle tante, diceva sua madre.

A lei, è toccata in sorte questa.

È il suo *dharma*, il suo dovere, il suo pòsto nel mondo. Un mestiere che si tramanda di madre in figlia, da generazioni. *Scavenger*: in inglese, il termine si usa per indicare chi rovista tra i rifiuti. Una parola dignitosa per definire una realtà che non lo è affatto. Non ci sono parole per descrivere quello che fa Smita. Raccoglie la merda degli altri a mani nude, per tutto il giorno. Aveva sei anni, l'età che ha Lalita adesso, la prima volta in cui sua madre l'aveva portata con sé. Guardami, poi lo farai anche tu. Smita ricorda nitidamente quell'odore che l'aveva aggredita, violento come uno sciame di vespe, un odore insopportabile, disumano. Aveva vomitato sul bordo della strada. Ti abituerai, aveva detto sua madre. Mentiva. Non ci si abitua mai. Smita ha imparato a trattenere il fiato, a vivere in apnea; deve respirare, le ha detto il medico del villaggio, non vede che brutta tosse le è venuta? Deve mangiare. L'appetito, Smita l'ha perso molto tempo fa. Non ricorda neppure che cosa si provi ad avere fame. Smita mangia poco, il minimo indispensabile, solo un pugno di riso che ingoia a malincuore.

Servizi igienici in tutto il Paese, aveva promesso il governo. Peccato che da queste parti non se ne siano mai visti. A Badlapur, come in molti altri posti, la gente fa i suoi bisogni all'aperto. Ovunque il terreno è insozzato; torrenti, fiumi, campi, tutto è inquinato da tonnellate di escrementi. Come una scintilla in una polveriera, basta un niente a far esplodere un'epidemia. I politici lo sanno: ciò che il popolo chiede a gran voce, prima delle riforme, prima dell'uguaglianza sociale, prima ancora del lavoro, sono i servizi igienici. Il diritto di fare i propri bisogni dignitosamente. Nei villaggi, le donne sono costrette ad aspettare la notte per andare nei campi, esponendosi al rischio di essere aggredite. I più fortunati hanno attrezzato un angolino in cortile o in un punto appartato della casa, un misero buco scavato per terra, che per pudore viene chiamato « toilette secca »: latrine che ogni giorno sono svuotate a mani nude dalle donne *dalit*. Donne come Smita.

Il suo giro inizia attorno alle sette del mattino. Smita raccoglie la sua cesta e la scopetta di paglia. Non c'è tempo da perdere: sa che, come ogni giorno, dovrà svuotare le latrine di venti case. Cammina sul bordo della strada, occhi a terra, il viso nascosto sotto un foulard. In alcuni villaggi, i *dalit* devono segnalare la propria presenza indossando una piuma di corvo. In altri, sono costretti a camminare a piedi nudi... Tutti conoscono la storia di quell'intoccabile lapidato per il semplice fatto di avere indossato dei sandali. Smita entra dalla porticina sul retro riservata a lei: non deve incrociare chi vive in quelle case, e neppure rivolgere loro la parola. Non basta essere intoccabile, dev'essere anche invisibile. La sua paga consiste nei miseri avanzi di cibo e in qualche indumento usato che la gente le dà senza neppure sfiorarla, senza neppure guardarla, buttandoli direttamente a terra.

A volte, invece, non riceve nulla. C'è una famiglia di *jat* che non le dà niente da mesi. Smita aveva deciso di non andarci più. Una sera l'ha detto a Nagarajan: non ci tornerà più, che se la puliscano da soli la loro merda. Ma Nagarajan si è spaventato; lui e Smita non possiedono niente, neanche un pezzo di terra. Se lei smette di andarci, i *jat* li cacceranno via, daranno fuoco alla loro baracca. Lei sa di cosa sono capaci. Ti taglieremo tutt'e due le gambe, avevano detto una volta a uno di loro. Era stato trovato in un campo lì vicino, fatto a pezzi e bruciato con l'acido.

Sì, Smita sa di cosa sono capaci i *jat*.

Quindi, il giorno dopo, è tornata in quella casa.

Ma oggi non è un giorno come gli altri. Smita ha preso una decisione, che fin da subito le è apparsa irrevocabile: sua figlia andrà a scuola. Convincere

Nagarajan è stato difficile. Che senso ha? diceva lui. D'accordo, magari imparerà a leggere e a scrivere, ma poi? Qui nessuno le darà mai un lavoro. Pulitori di latrine si nasce, e tali si resta fino alla morte. È un'eredità, un cerchio cui nessuno può sfuggire. Un *karma*.

Smita non si è rassegnata. Gliene ha riparlato il giorno dopo, e quello dopo ancora, e per tutti i giorni a seguire. Si rifiuta di portare Lalita con sé: non mostrerà a sua figlia il lavoro dei pulitori di latrine, non la guarderà vomitare in un fosso come sua madre aveva fatto con lei; no, questo Smita non lo accetta. Lalita deve andare a scuola. Di fronte alla sua determinazione, Nagarajan alla fine ha ceduto. Conosce sua moglie, ha una volontà incrollabile. Quella donna scura e minuta che ha sposato dieci anni fa è sempre stata più forte di lui, e lui lo sa. Perciò alla fine Nagarajan ha ceduto. E così sia. Andrà alla scuola del villaggio, parlerà col brahmano.

In cuor suo, Smita ha sorriso, felice della sua vittoria. Come avrebbe voluto che sua madre si fosse battuta così per lei! Quanto le sarebbe piaciuto varcare la porta della scuola, sedersi in mezzo agli altri bambini, imparare a leggere e a contare. Ma non era stato possibile. Il padre di Smita non era buono come Nagarajan, era irascibile e violento, e picchiava la moglie. Da queste parti lo fanno tutti. Suo padre lo ripeteva spesso: la moglie appartiene al marito, non è sua pari. È una sua proprietà, è la sua schiava, deve sottomettersi al suo volere. Dovendo scegliere se salvare sua moglie o la sua vacca, suo padre avrebbe sicuramente scelto la vacca.

Smita invece è fortunata: Nagarajan non l'ha mai picchiata né insultata. Quand'è nata Lalita, ha persino accettato di tenerla. Non lontano da qui, le bambine vengono uccise alla nascita. Nei villaggi del Rajasthan le neonate vengono sepolte vive, dentro una scatola, sotto la sabbia, subito dopo la nascita. Le piccole impiegano una notte intera per morire.

Non qui, però. Smita osserva Lalita, accovacciata sul pavimento in terra battuta della baracca, impegnata a pettinare la sua unica bambola. Sua figlia è bellissima. Ha lineamenti delicati e capelli lunghi fino alla vita, che Smita spazzola e lega in una treccia ogni mattina.

Mia figlia imparerà a leggere e a scrivere, si ripete Smita, e questo pensiero la colma di gioia.

Sì, oggi è un giorno che ricorderà per tutta la vita.

Giulia

Palermo

Giulia!

Giulia apre gli occhi a fatica. La voce di sua madre risuona nella stanza.

Giulia!
Scendi!
Subito!

Giulia vorrebbe nascondere la testa sotto il cuscino. Ha dormito troppo poco, colpa dell'ennesima notte passata a leggere. Ma sa che deve alzarsi, non ha scelta. Meglio non disubbidire a una mamma siciliana.

Giulia!

A malincuore, la ragazza esce dal letto. Si veste in fretta e scende in cucina, dove ad attenderla c'è la mamma, spazientita. Sua sorella Adele è già in piedi da un pezzo, si sta mettendo lo smalto sulle unghie dei piedi, appoggiata al tavolo della colazione. Sentendo l'odore di acetone, Giulia fa una smorfia. Sua madre le porta una tazzina di caffè.

Tuo padre è uscito.
Oggi apri tu.

Giulia prende le chiavi del laboratorio ed esce di corsa.

Non hai mangiato niente!
Portati qualcosa per dopo!

Ignorando le parole della mamma, inforca la bicicletta e si allontana, pedalando veloce. A contatto con l'aria fresca del mattino, Giulia pian piano si sveglia. Il vento che spazza i viali le punge il viso e gli occhi. Nei pressi del mercato, un profumo di agrumi e di olive le pizzica il naso. Supera il bancone di un pescivendolo che espone sardine e alici appena pescate. Accelera, sale sui marciapiedi, si lascia alle spalle le vie di Ballarò, dove le grida degli ambulanti richiamano già i clienti.

Arriva in un vicolo cieco, poco distante da via Roma. È qui che si trova il laboratorio di famiglia, nei locali di un ex cinema che suo padre ha acquistato vent'anni fa; l'età di Giulia. La vecchia sede era diventata troppo piccola, bisognava traslocare. La facciata porta ancora i segni delle locandine dei film affisse sui muri. È ormai lontano il tempo in cui i palermitani si accalcavano per vedere le commedie di Alberto Sordi, Vittorio Gassman, Nino Manfredi, Ugo Tognazzi, Marcello Mastroianni... Oggi, la maggior parte delle sale ha chiuso, come questo piccolo cinema di quartiere diventato laboratorio. La cabina di proiezione è stata trasformata in ufficio e sono state aperte varie finestre nella grande sala affinché le operaie avessero abbastanza luce per lavorare. Suo papà ha svolto tutti i lavori personalmente. Questo posto gli somiglia, è scombinato e caloroso, proprio come lui, riflette Giulia. Nonostante i suoi leggendari scatti d'ira, Pietro Lanfredi è stimato e rispettato dalle operaie. È un padre affettuoso, benché severo e autoritario, che ha insegnato alle figlie il valore del rispetto e della disciplina e ha trasmesso loro la passione per il lavoro ben fatto.

Giulia apre la porta. Di solito, è suo padre il primo ad arrivare. Ci tiene ad accogliere di persona le operaie; essere il padrone significa questo, gli piace ripetere. Ha sempre una parola gentile, un'attenzione, un piccolo gesto per ognuna di loro. Ma oggi è uscito per fare il suo solito giro tra i parrucchieri di Palermo e dei dintorni e non sarà di ritorno prima di mezzogiorno. Stamattina, la padrona di casa è Giulia.

A quest'ora, il laboratorio è tranquillo. Presto la sala verrà invasa dal brusio di mille conversazioni, canzoni, voci, ma per il momento c'è solo silenzio, e l'eco dei passi di Giulia. La ragazza cammina fino allo spogliatoio riservato alle operaie e ripone le sue cose nell'armadietto col suo nome. Prende il camice e, come ogni giorno, scivola dentro la sua seconda pelle. Si raccoglie i capelli e li arrotola in uno chignon stretto, che fissa abilmente con l'aiuto di qualche forcina. Poi si copre la testa con un foulard, un accorgimento che qui è indispensabile: mai mischiare i propri capelli con quelli trattati nel laboratorio. Vestita e pettinata così, non è più la figlia del padrone: è un'operaia come le altre, una dipendente della ditta Lanfredi. Giulia ci tiene, ha sempre rifiutato qualunque privilegio.

Con un cigolio, la porta d'ingresso si apre e uno sciame festoso riempie la stanza. Nel giro di un istante il laboratorio prende vita, diventa il luogo chiassoso cui Giulia è tanto affezionata. In un vociare indistinto nel quale le conversazioni si confondono, le operaie si riversano nello spogliatoio e indossano camici e grembiuli, prima di raggiungere la postazione chiacchierando. Giulia si unisce a loro.

Agnese ha il viso tirato: il suo piccolino sta mettendo i denti, non le ha fatto chiudere occhio tutta la notte. Federica trattiene a stento le lacrime, il fidanzato l'ha lasciata. Di nuovo?! esclama Alda. Vedrai che domani torna, la rassicura Paola.

Qui, le donne condividono molto di più che un semplice mestiere. Mentre le loro mani si muovono agilmente tra le ciocche, le operaie parlano di uomini, d'amore e della vita, da mattina a sera. Qui tutte sanno che il marito di Gina beve, che il figlio di Alda ha legami con la mafia e che Alessia ha avuto una breve avventura con l'ex marito di Rina, che non gliel'ha mai perdonata.

Giulia ama la compagnia di queste donne; alcune di loro la conoscono fin da quand'era bambina. Praticamente è nata qui. Sua madre racconta spesso che le contrazioni l'avevano sorpresa mentre era impegnata a smistare i capelli nella grande sala. Ora ha smesso di fare quel lavoro - colpa degli occhi - e ha dovuto cedere il posto a un'operaia dalla vista più acuta. È qui che Giulia è cresciuta, tra capelli da districare, ciocche da lavare, ordini da spedire. Si ricorda delle vacanze e dei pomeriggi trascorsi in mezzo alle operaie, a osservarle lavorare. Le piaceva guardare le loro mani che si muovevano veloci come un esercito di formichine operose. Le osservava mentre posavano i capelli sui cardi - grandi pettini quadrati - per districarli, e poi li lavavano nella vasca fissata su due cavalletti (un'ingegnosa trovata di suo padre, cui non piaceva che le operaie si spaccassero la schiena). Giulia trovava buffe le ciocche appese alle finestre ad asciugare: sembravano una fila di scalpi esposti da una singolare tribù indiana.

Certe volte, Giulia ha l'impressione che qui dentro il tempo si sia fermato. Fuori continua la sua corsa, ma tra queste pareti lei si sente protetta. È una sensazione dolce, rassicurante, una strana consapevolezza della continuità delle cose.

Da quasi un secolo, la sua famiglia vive della «cascatura», la tradizione siciliana di conservare i capelli tagliati o caduti spontaneamente per ricavarne parrucche e toupet. Fondato nel 1926 dal bisnonno di Giulia, quello della famiglia Lanfredi è l'ultimo laboratorio di questo genere ancora in attività a Palermo. Dà lavoro a una decina di operaie specializzate che districano, lavano e trattano le ciocche di capelli che, una volta assemblate, vengono spedite in Italia e in Europa. Il giorno in cui aveva compiuto sedici anni, Giulia aveva deciso di lasciare la scuola per aiutare suo padre al laboratorio. Gli insegnanti, specialmente quello d'italiano, avevano cercato di convincerla a proseguire gli studi: Giulia era una studentessa brillante e non avrebbe avuto difficoltà a entrare all'università. Ma per lei era semplicemente inconcepibile. Più che una tradizione, per i Lanfredi i capelli sono una passione che si trasmette da generazioni. Stranamente, le sue sorelle non hanno mai mostrato nessun interesse per il mestiere, perciò Giulia è l'unica delle ragazze Lanfredi ad aver raccolto l'eredità di famiglia.

Francesca si è sposata giovane e non ha mai lavorato; ora ha quattro figli. Adele, la più piccola, va ancora al liceo e le piacerebbe lavorare nel mondo della moda, magari come modella. Qualunque cosa pur di non seguire le orme dei genitori.

Per i lavori più complicati e i colori difficili da reperire, il papà ha un segreto: una formula ereditata da suo padre che a sua volta l'aveva imparata dal nonno, a base di prodotti naturali che non nomina mai. Una formula che ora ha tramandato a Giulia. Il papà la porta spesso con sé sul tetto, in quello che lui chiama « l'atelier ». Da lassù si vede il mare e, dall'altro lato, il monte Pellegrino. Con indosso un camice bianco che lo fa sembrare un professore di chimica, Pietro mette a bollire enormi pentoloni per trattare le ciocche: sa come depigmentarle e tingerle in modo che il colore non sbiadisca al lavaggio. Giulia lo osserva per ore, attenta a non perdersi neanche un gesto. Suo padre sorveglia i capelli come la mamma fa con la pasta. Li rimesta con un cucchiaio di legno, li lascia riposare e poi li mescola ancora, instancabile. Ci sono pazienza, rigore, persino amore nel suo modo di prendersi cura di quei capelli. Pietro ama ripetere che, un giorno, qualcuno li indosserà, e che per questo meritano tutto il suo rispetto. Giulia a volte pensa alle donne che porteranno queste parrucche - qui gli uomini non indossano il toupet, sono troppo orgogliosi, troppo attaccati a una certa idea della loro virilità.

Per una ragione sconosciuta, certi capelli resistono alla formula segreta dei Lanfredi. Di solito, quando vengono estratti dalle pentole in cui sono immersi, i capelli hanno assunto un colore bianco latteo che permette di ritingerli come si preferisce; una minoranza, tuttavia, conserva ostinatamente il proprio colore originale. Quei ribelli sono un problema serio: è inconcepibile che un cliente si ritrovi, nel mezzo di una ciocca perfettamente tinta, qualche irriducibile filo nero o castano. Grazie alla sua vista eccellente, Giulia è incaricata del delicato compito di vagliare i capelli a uno a uno e scartare i più ostinati. È una lotta senza tregua, una caccia meticolosa e spietata condotta giorno dopo giorno.

La voce di Paola la risveglia dai suoi sogni a occhi aperti.

Mia cara, hai l'aria stanca.

Scommetto che hai passato un'altra notte a leggere.

Giulia non la contraddice. A Paola non si può nascondere nulla. È la più anziana delle operaie del laboratorio, una vera istituzione. Qui, tutti la chiamano la Nonna. Ha visto crescere il papà di Giulia e si diverte a raccontare che, da piccolo, lo aiutava ad allacciarsi le scarpe. Dall'alto dei suoi settantacinque anni, la Nonna vede tutto. Ha le mani consumate e la pelle grinzosa come una pergamena, ma lo sguardo non ha perso la sua acutezza. Rimasta vedova a venticinque anni, ha cresciuto da sola i suoi quattro figli, rifiutando per tutta la vita di risposarsi. Quando le chiedono perché, lei risponde che è troppo affezionata alla sua libertà. Una donna sposata deve sempre rendere conto a qualcuno, dice. Fa' ciò che vuoi, mia cara, ma mi raccomando non sposarti mai, non si stanca di ripetere a Giulia. Le piace raccontare del periodo del fidanzamento con l'uomo che suo padre aveva scelto per lei. La famiglia del suo futuro sposo possedeva un limoneto. La Nonna lavorava nei loro campi e aveva dovuto cogliere i frutti anche il giorno del matrimonio. La campagna non aspetta. Ricorda con dolcezza il profumo di limone che impregnava gli abiti e le mani di suo marito. Quando una polmonite se l'era portato via, qualche anno più tardi, lasciandola da sola con quattro figli, Paola si era dovuta trasferire in città per cercare lavoro. Lì aveva conosciuto il nonno di Giulia, che l'aveva assunta al laboratorio. Sono passati cinquant'anni da allora.

Non è certo nei libri che troverai un marito! esclama Alda.

Lasciala in pace, la rimprovera la Nonna.

A Giulia non interessa trovare un marito. Non frequenta né i bar né le discoteche che vanno per la maggiore tra i suoi coetanei. Mia figlia è un po' selvatica, ripete spesso la mamma. Al chiasso delle discoteche, lei preferisce il silenzio ovattato della biblioteca comunale, in cui si reca ogni giorno all'ora di pranzo. Lettrice insaziabile, Giulia adora la quiete delle grandi sale tappezzate di libri, turbata soltanto dal fruscio delle pagine. È come se in quel luogo ci fosse qualcosa di sacro, una sorta di raccoglimento mistico che l'affascina. Quando legge, per lei il tempo smette di scorrere. Da piccola, Giulia si sedeva ai piedi delle operaie e divorava i romanzi di Emilio Salgari. Qualche anno dopo, aveva scoperto la poesia. A Ungaretti preferisce Caproni, le piace la prosa di Moravia, ma soprattutto ama le parole di Pavese, il suo autore preferito. A volte pensa che sarebbe capace di passare la vita intera solo in loro compagnia. La lettura le fa dimenticare persino l'appetito. Non è raro vederla rientrare dalla pausa pranzo a stomaco vuoto. Giulia è fatta così, divora i libri con la stessa avidità con cui altri divorano i cannoli.

Quando torna al laboratorio, quel pomeriggio, la sala principale è avvolta da un silenzio irreale. Non appena entra, tutti gli sguardi si posano su di lei.

Mia cara, ha appena telefonato tua madre, le dice la Nonna con una voce che Giulia stenta a riconoscere.

È successo qualcosa al papà.

Sarah

Montréal, Canada

La sveglia suona e scatta il conto alla rovescia. La vita di Sarah è una continua lotta contro il tempo, da quando si alza fino a quando si rimette a letto. Nell'istante in cui apre gli occhi, il suo cervello si accende come il processore di un computer.

Ogni mattina si sveglia alle cinque. Non c'è tempo per dormire, ogni secondo è contato. La sua giornata è cronometrata, millimetrata, come i fogli di carta che compra ogni anno per le lezioni di matematica dei bambini. Sono lontani ormai gli anni della spensieratezza, prima del lavoro, della maternità, delle responsabilità. All'epoca bastava una telefonata per cambiare il corso di una giornata: e se stasera facessimo...? e se partissimo...? e se andassimo...? Oggi è tutto già pianificato, organizzato, previsto. Non c'è più spazio per l'improvvisazione, la parte è già stata imparata, recitata, ripetuta giorno dopo giorno, settimana dopo settimana, mese dopo mese, per tutto l'anno. Madre di famiglia, donna in carriera, *working girl, It girl,* Wonder Woman... tutte etichette che le riviste femminili appiccicano sulla schiena delle donne come lei e che gravano sulle loro spalle come zaini pesanti.

Sarah si alza, fa la doccia, si veste. I suoi gesti sono precisi, efficaci, orchestrati come una sinfonia militare. Scende in cucina, prepara la colazione, sempre nella stessa sequenza: latte/tazze/spremuta d'arancia/cioccolato/pancake per Hannah e Simon, cereali per Ethan, caffè doppio per lei. Quindi va a svegliare i bambini, prima Hannah e poi i gemelli. Ron ha già preparato i loro vestiti il giorno prima, i piccoli devono solo lavarsi la faccia e poi infilarli mentre Hannah riempie i cestini per il pranzo, tutto fila liscio e veloce come la berlina di Sarah nelle vie della città mentre li accompagna a scuola; Simon e Ethan alle elementari, Hannah alle medie.

Dopo i baci, i *non hai dimenticato niente?*, i *copriti bene*, gli *in bocca al lupo per la verifica di matematica*, i *piantatela di far baccano lì dietro*, i *no, oggi ci vai eccome, in palestra,* e infine l'immancabile *il prossimo weekend siete dai vostri padri,* Sarah si dirige verso lo studio legale.

Alle 8.27, posteggia l'auto nel parcheggio, davanti al cartello con sopra scritto il suo nome: SARAH COHEN, JOHNSON & LOCKWOOD. Quella targa, che contempla ogni mattina con orgoglio, non segnala semplicemente il luogo riservato alla sua auto; è un titolo, un grado, è il suo posto nel mondo. Un riconoscimento, il frutto del lavoro di una vita. Il suo successo, il suo territorio.

Nell'atrio, il portiere la saluta, poi la receptionist, sempre lo stesso rituale. Qui tutti la stimano. Sarah entra nell'ascensore, preme il tasto dell'ottavo piano, attraversa i corridoi a passo spedito, diretta nel suo ufficio. Non c'è molta gente, spesso è la prima ad arrivare, e anche l'ultima ad andarsene. È questo il prezzo per costruirsi una carriera, questo il prezzo per diventare Sarah Cohen, *equity partner* del prestigioso studio legale Johnson & Lockwood, uno tra i più rinomati della città. Sebbene tra i colleghi le donne siano in maggioranza, Sarah è l'unica a essere diventata socia di questo studio notoriamente maschilista. La maggior parte delle sue compagne di università è andata a sbattere contro il soffitto di cristallo. Alcune hanno persino rinunciato, o scelto un'altra carriera, nonostante i lunghi e faticosi anni di studio. Lei no. Lei, Sarah Cohen, quel soffitto l'ha polverizzato, l'ha mandato in frantumi a colpi di straordinari, di weekend passati in ufficio, di notti in bianco a preparare arringhe. Ricorda perfettamente la prima volta in cui è entrata nel grande atrio rivestito di marmo, dieci anni fa. Si era presentata per un colloquio di lavoro e si era ritrovata di fronte otto uomini, tra cui Johnson in carne e ossa, il socio fondatore, il *managing partner*, Dio in persona, uscito dal suo ufficio e sceso in sala riunioni per l'occasione. Johnson non aveva detto una parola, l'aveva fissata con sguardo severo, analizzando ogni riga del suo curriculum, senza fare commenti. Sarah aveva provato un profondo senso di disagio, ma si era sforzata di non darlo a vedere; era esperta nell'arte d'indossare maschere, una disciplina in cui si esercitava da molto tempo. Dopo il colloquio, era uscita in preda a un vago sconforto. Johnson non aveva mostrato il minimo interesse nei suoi confronti, non le aveva fatto neppure una domanda. Come un giocatore navigato in una partita di poker, aveva sfoggiato un'espressione impassibile, scucendo alla fine solo un misero e severo «arrivederci» che lasciava ben poche speranze per l'avvenire. Sarah sapeva che erano in molti ad aspirare a quel posto da associata. Lei proveniva da un altro studio, più piccolo e meno prestigioso, non doveva farsi illusioni. Gli altri candidati magari erano più esperti, più agguerriti, o semplicemente più fortunati, perché no.

In seguito, ha scoperto che Johnson l'aveva scelta personalmente tra tutti i candidati, nonostante il parere contrario di Gary Curst. Avrebbe dovuto farci l'abitudine: a Gary Curst lei non piaceva, o forse gli piaceva troppo, o magari era invidioso, o la desiderava, chissà, a ogni modo non ha mai perso occasione di trattarla a pesci in faccia, gratuitamente. Oh, sì, Sarah li conosce bene, gli uomini come lui, quegli uomini ambiziosi che detestano le donne, che se ne sentono minacciati; ci convive ma non li ha mai degnati di uno sguardo. È sempre andata avanti per la sua strada, lasciandoseli alle spalle a mangiare la polvere. Sarah ha salito i gradini dello studio Johnson & Lockwood alla velocità di un cavallo lanciato al galoppo, costruendosi una reputazione solidissima al palazzo di giustizia. Il tribunale era la sua arena, il suo territorio, il suo Colosseo. Non appena ne varcava la soglia, si trasformava in una guerriera, in una lottatrice irriducibile e spietata.

Quando prendeva la parola in aula, la sua voce assumeva un tono leggermente diverso dal solito, più profondo, più solenne. Si esprimeva attraverso frasi brevi, incisive, taglienti come *uppercut*. Lasciava KO l'avversario sfruttando ogni minima falla, ogni punto debole dei suoi argomenti. Conosceva alla perfezione tutti i documenti dei processi. Non si lasciava mai scoraggiare e non perdeva mai la faccia. Da quando aveva cominciato a esercitare la professione, nel piccolo studio in rue Winston, dov'era stata assunta appena uscita dall'università, aveva vinto la stragrande maggioranza delle cause. Era ammirata e temuta. A quasi quarant'anni, Sarah è un modello di successo per gli avvocati della sua generazione.

Nello studio, girava voce che sarebbe diventata la prossima *managing partner*. Johnson aveva una certa età, prima o poi qualcuno gli sarebbe dovuto succedere. Il posto era ambito da tutti i soci. Si vedevano già in quei panni, califfi al posto del vecchio califfo. Quel ruolo era una consacrazione, un Everest nel mondo dell'avvocatura. Lei aveva tutte le carte in regola per essere scelta: una carriera esemplare, una volontà di ferro, una dedizione al lavoro che sfidava qualsiasi concorrenza... una forma di bulimia che la spingeva a restare costantemente in movimento. Sarah era un'atleta, un'alpinista che, raggiunta una vetta, affrontava subito la successiva. Era così che vedeva la sua vita, come una lunga scalata. Talvolta, si domandava che cosa sarebbe accaduto una volta arrivata in cima. Sarah attendeva quel giorno senza realmente sperarci.

Certo, la sua carriera aveva richiesto dei sacrifici. Le era costata un gran numero di notti in bianco, ed entrambi i suoi matrimoni. Ripeteva spesso che gli uomini preferiscono le donne che non fanno loro ombra, ma al tempo stesso ammetteva che, in una coppia d'avvocati, c'è un avvocato di troppo. Un giorno aveva letto su una rivista - lei che non ne leggeva quasi mai - una statistica impietosa sulla durata delle relazioni tra avvocati. L'aveva mostrata a suo marito e ne avevano riso assieme. Prima di separarsi, l'anno successivo.

Completamente assorbita dal suo lavoro allo studio, Sarah è stata costretta a rinunciare a molti momenti coi suoi figli. Perdersi le gite, le recite di fine anno, i saggi di danza, le feste di compleanno, le vacanze le pesava più di quanto non volesse ammettere. Sapeva che nessuno di quei momenti le sarebbe mai stato restituito, e quel pensiero la amareggiava. Conosceva fin troppo bene il particolare senso di colpa delle madri che lavorano, che l'aveva assalita fin dalla nascita di Hannah, fin da quel giorno tremendo in cui aveva dovuto lasciarla, ad appena cinque giorni dal parto, tra le braccia di una tata per occuparsi di un'emergenza. Aveva capito subito che non ci sarebbe mai stato spazio, nel suo studio, per le incertezze di una madre straziata. Perciò aveva nascosto le lacrime sotto uno spesso strato di fondotinta ed era tornata al lavoro. Si sentiva lacerata, dilaniata, ma non poteva confidarsi con nessuno. All'epoca invidiava la leggerezza di suo marito, quell'affascinante leggerezza degli uomini per i quali, curiosamente, questo sentimento sembra non esistere. Riescono a varcare la porta di casa con un'insolente facilità. Quando escono al mattino, portano con sé soltanto la loro ventiquattrore, mentre lei si trascinava ovunque il fardello del proprio senso di colpa, come una tartaruga col guscio. Nei primi tempi aveva cercato di lottare contro quel sentimento, di respingerlo, negarlo, ma senza riuscirci. Alla fine, aveva accettato che facesse parte della sua esistenza. Il senso di colpa era diventato un compagno di vita, che la seguiva ovunque senza essere invitato. Era come un cartellone pubblicitario piantato in mezzo a un campo, come un porro sul viso: una cosa sgraziata, inutile, ma che c'era. E con cui doveva imparare a convivere.

Coi colleghi e con gli altri soci, Sarah non lasciava trasparire nulla. Si era imposta la regola di non parlare dei figli. Non li nominava mai, non aveva nessuna loro fotografia in ufficio. Quando doveva allontanarsi dallo studio per una visita dal pediatra o una convocazione a scuola cui non poteva mancare, preferiva dire che *si vedeva con qualcuno*. Sapeva che era più accettabile uscire prima *per bere un drink* che per un problema con la babysitter. Meglio mentire, fingere, inventare, qualunque cosa pur di non ammettere di avere figli, o, in altri termini, catene, legami, vincoli: tutti freni alla reperibilità, agli avanzamenti di carriera. Sarah ricorda bene quella donna che era da poco diventata socia del suo vecchio studio e che, non appena aveva comunicato di essere incinta, era stata retrocessa al grado di associato. Era una violenza sorda, invisibile, una violenza ordinaria che nessuno denunciava. Sarah aveva tratto un insegnamento prezioso da quell'episodio. Durante entrambe le sue gravidanze, non aveva detto nulla ai suoi superiori. Incredibilmente, la sua pancia era rimasta piatta a lungo: fino al settimo mese, la gravidanza era rimasta quasi invisibile, anche coi gemelli, come se i bambini avessero capito che era meglio essere discreti. Era il loro piccolo segreto, una sorta di patto silenzioso che li legava. Sarah aveva chiesto il congedo per maternità più breve possibile ed era tornata in ufficio due settimane dopo il cesareo, sfoggiando un fisico asciutto, un colorito pallido ma sapientemente coperto dal trucco e un sorriso impeccabile. La mattina, andando allo studio, faceva una sosta nel parcheggio del supermercato vicino, per rimuovere i due seggiolini dal sedile posteriore e riporli nel baule, rendendoli invisibili. Naturalmente i suoi colleghi sapevano che aveva figli, ma lei si premurava di non ricordarglielo mai. Una segretaria può permettersi di parlare di omogeneizzati e di dentini, una socia no.

E così, Sarah aveva costruito un muro perfettamente ermetico tra la sua vita professionale e quella familiare; ciascuna seguiva il proprio corso, come due rette parallele che non s'incontrano mai. Era un muro fragile, precario, che ogni tanto si crepava e che un giorno, forse, sarebbe crollato. Ma non le importava. Le piaceva pensare che i suoi figli sarebbero stati orgogliosi di ciò che aveva costruito, e di ciò che era. Si sforzava di compensare la quantità dei momenti trascorsi assieme a loro con la qualità. In privato, Sarah era una madre dolce e premurosa. Per tutto il resto, c'era Ron, « Magic Ron », come l'avevano soprannominato i bambini. Lui rideva di quel nomignolo, che era diventato quasi un titolo onorifico.

Sarah aveva assunto Ron pochi mesi dopo la nascita dei gemelli. Linda, la tata precedente, le aveva procurato parecchi grattacapi; non solo era costantemente in ritardo e non molto sollecita sul lavoro, ma aveva anche commesso un errore così grave da costarle il posto: una volta, Sarah era rientrata all'improvviso per prendere dei documenti che aveva scordato, e aveva trovato Ethan, che all'epoca aveva nove mesi, da solo nel suo letto, nella casa deserta. Linda era rientrata dal mercato un'ora dopo, come se niente fosse, assieme a Simon. Colta in fallo, si era giustificata dicendo che portava a passeggio i gemelli a giorni alterni, uno alla volta, perché era troppo impegnativo portarli fuori assieme. Sarah l'aveva licenziata all'istante. Dopodiché, con la scusa di una sciatica invalidante, si era presa qualche giorno dal lavoro e aveva fatto diversi colloqui, uno dei quali a Ron. In un primo momento era rimasta sorpresa di trovare un uomo tra i candidati e l'aveva scartato: con tutte le cose che si leggono sui giornali... Oltretutto, nessuno dei suoi due mariti aveva mai dato prova di grande talento nell'arte di cambiare i pannolini o di preparare i biberon, quindi era scettica sul fatto che un uomo potesse eccellere in quel campo. Ma poi si era ricordata del suo colloquio da Johnson & Lockwood e di tutto ciò che lei, in quanto donna, aveva dovuto fare per imporsi nel suo ambiente. Così, alla fine, era tornata sulla sua decisione. Anche Ron aveva diritto a un'opportunità, come tutte le altre. Aveva un curriculum irreprensibile e referenze più che solide; lui stesso era padre di due bambini e, come se non bastasse, abitava in un quartiere vicino. Era evidente che aveva tutte le qualità necessarie per quel lavoro. Sarah l'aveva messo alla prova per un paio di settimane, durante le quali Ron si era rivelato semplicemente perfetto: trascorreva ore intere a giocare coi bambini, cucinava da dio, faceva la spesa, le pulizie, il bucato, sollevandola da tutte le faccende domestiche più gravose. I ragazzi l'avevano adottato, sia i due piccolini sia Hannah, che allora aveva cinque anni. Sarah si era appena separata dal suo secondo marito, il papà dei gemelli, e si era detta che una figura maschile sarebbe stata preziosa in una famiglia monogenitoriale come la sua. E, forse inconsciamente, assumendo un uomo si stava assicurando che nessuno prendesse il suo posto di mamma. Ron era quindi diventato Magic Ron, una presenza fondamentale nella sua vita e in quella dei suoi figli.

Quando si guardava allo specchio, Sarah vedeva una donna di quarant'anni completamente realizzata: aveva tre splendidi bambini, una casa meravigliosa in un quartiere esclusivo e una carriera che in molti le invidiavano. Sembrava una di quelle donne che si vedono sulle riviste, sorridenti e appagate. La sua ferita era nascosta, mimetizzata, quasi invisibile sotto il trucco impeccabile e i tailleur firmati.

Ma esisteva.

Come altre migliaia di donne sparse per il Paese, Sarah Cohen era divisa a metà. Era una bomba pronta a esplodere.

Smita

Villaggio di Badlapur, Uttar Pradesh, India

Vieni qui.
Lavati.
Su, veloce.

È il grande giorno. Non devi arrivare in ritardo.

Nel cortile dietro la baracca, Smita aiuta Lalita a lavarsi. La piccola ubbidisce, docile, non protesta neppure quando l'acqua le finisce negli occhi. Smita districa i suoi capelli lunghi fino alla vita. Da quand'è nata non glieli ha mai tagliati. È una tradizione, da queste parti le donne se li lasciano crescere a lungo, a volte per tutta la vita. Smita divide la sua chioma in tre ciocche, che intreccia con mano esperta. Poi le porge il sari che ha cucito per lei, restando sveglia per notti intere. Il tessuto, gliel'ha regalato una vicina. Non può permettersi di comprarle la divisa indossata dagli altri bambini, ma non importa. Sua figlia sarà bellissima il primo giorno di scuola, pensa Smita.

Si è alzata all'alba per prepararle il pranzo. Dato che la scuola non ha una mensa, i bambini devono portarsi il cibo da casa. Le ha cucinato un po' di riso, cui ha aggiunto un pizzico del curry che conserva per le grandi occasioni. Si augura che Lalita mangi di gusto il primo giorno di scuola. Ci vogliono molte energie per imparare a leggere e a scrivere. Ha messo il pranzo in una *lunchbox* improvvisata, una scatoletta di latta che ha pulito con cura e decorato personalmente. Non vuole che Lalita si vergogni di fronte agli altri. Imparerà a leggere, proprio come loro. Come i figli dei *jat*.

Mettiti un po' di cipria.
Prepara l'altare.
Svelta.

Nella sola stanza di cui è composta la baracca, che serve al tempo stesso da cucina, da camera da letto e da tempio, Lalita ha il compito di pulire il piccolo altare dedicato agli dei. Accende una candela e la posa vicino alle immagini sacre. È lei che agita il sonaglio alla fine delle lodi. Assieme, Smita e sua figlia recitano una preghiera rivolta a Viṣṇu, il dio della vita e della creazione, il protettore di tutti gli esseri umani. Quando l'ordine del mondo è turbato da qualcosa, il dio scende sulla terra per porvi rimedio, assumendo di volta in volta le sembianze di un pesce, di una tartaruga, di un cinghiale, di un essere mezzo uomo e mezzo leone o di un uomo. A Lalita piace sedersi accanto all'altare, dopo cena, ad ascoltare la madre che racconta la storia dei dieci avatāra di Viṣṇu. Nella sua prima incarnazione umana, il dio aveva difeso la casta dei brahmani contro gli *kṣatriya,* colmando cinque laghi col loro sangue. Lalita rabbrividisce ogni volta che ascolta quel racconto. Sta bene attenta, quando gioca, a non schiacciare nemmeno la più piccola formica, il più piccolo ragno, non si sa mai, Viṣṇu potrebbe essere lì, vicinissimo, incarnato in una di quelle misere creature... Un dio sulla punta delle sue dita... L'idea la affascina e, al tempo stesso, la spaventa. Anche a Nagarajan piace ascoltare Smita, la sera vicino all'altare. Sebbene non sappia leggere, sua moglie è una narratrice straordinaria.

Stamattina, però, non c'è tempo per i racconti. Nagarajan è uscito presto, come al solito, alle prime luci dell'alba. Lavora nei campi dei *jat*. È un cacciatore di ratti, come suo padre prima di lui. L'arte di catturare i roditori a mani nude è una tradizione antica, un'abilità che si tramanda da generazioni, come un'eredità. I ratti divorano i raccolti e danneggiano i campi scavando gallerie sotterranee. Nagarajan ha imparato a riconoscere al volo la forma particolare di quei piccoli buchi. Tieni gli occhi aperti e sii paziente, gli diceva suo padre. Non avere paura, le prime volte ti morderanno, ma poi imparerai. Nagarajan ricorda ancora la sua prima cattura, quando aveva otto anni. Aveva infilato la mano nel buco e un dolore pungente gli aveva attraversato la carne: il ratto lo aveva morso tra il pollice e l'indice, dove la pelle è più sottile e delicata. Nagarajan aveva urlato, ritraendo la mano insanguinata. Suo padre era scoppiato a ridere. Non si fa così, devi essere più veloce, coglierlo di sorpresa. Riprova. Nagarajan era spaventato, tratteneva a stento le lacrime. Riprova! Aveva dovuto tentare per altre sei volte - altri sei morsi - prima di tirare fuori quel ratto enorme dal nascondiglio. Suo padre aveva preso l'animale per la coda e gli aveva fracassato la testa su un sasso, prima di porgerlo al figlio. Ecco, si era limitato a dire. Nagarajan aveva preso il ratto morto come fosse un trofeo e l'aveva portato a casa.

Sua madre gli aveva medicato la mano. Poi aveva messo il ratto sulla griglia. L'avevano mangiato tutti assieme per cena.

I *dalit* come Nagarajan non vengono pagati per ciò che fanno, hanno semplicemente il diritto di tenere le loro prede. In un certo senso è un privilegio: i ratti appartengono ai *jat*, così come i campi e tutto ciò che si trova al di sopra e al di sotto di essi.

Alla griglia non è male. Somiglia un po' al pollo, dicono alcuni. È il pollo dei poveri, dei *dalit*; l'unico tipo di carne che possano permettersi. Nagarajan racconta che suo padre li mangiava interi, con tanto di pelle e di peli, lasciando soltanto la coda, indigesta. Infilzava i roditori su un bastone e li abbrustoliva sopra il fuoco, poi li addentava così com'erano. Lalita ride quando suo papà le racconta questa storia. Smita, invece, preferisce togliere la pelle.

La sera, mangiano i ratti che lui ha catturato in giornata assieme a un po' di riso, di cui Smita conserva l'acqua di cottura per servirla come condimento. A volte c'è anche qualche avanzo regalatole dai *jat*, che lei porta a casa e divide coi vicini.

Il tuo *bindi*.
Non dimenticarlo.

Lalita fruga tra le sue cose e tira fuori una boccetta che un giorno ha trovato giocando sul bordo della strada. Non ha mai avuto il coraggio di dire a sua madre che l'aveva sottratta a una passante cui era appena caduta dalla borsa. La boccetta era rotolata nel fosso e lei l'aveva raccolta, stringendola come un tesoro perché nessuno la vedesse. Aveva portato a casa quel bottino prezioso sostenendo di averlo trovato, colma di gioia e al tempo stesso di vergogna. Se Viṣṇu sapesse...

Smita prende la boccetta dalle mani della figlia e le disegna sulla fronte un cerchio color vermiglio. Il cerchio dev'essere perfetto, è una tecnica che richiede delicatezza e un po' d'allenamento. Picchietta col polpastrello la fronte della figlia, poi fissa il colore con un velo di cipria. Il *bindi*, il « terzo occhio », come viene chiamato da queste parti, trattiene l'energia e aumenta la concentrazione. Lalita oggi ne avrà bisogno, pensa sua madre. Contempla il segno tondo e regolare sulla fronte della bambina e sorride. Lalita è bellissima. Ha i lineamenti sottili, gli occhi neri, labbra disegnate come i petali di un fiore. È incantevole nel suo sari verde. Smita si sente piena d'orgoglio davanti alla sua piccolina pronta per andare a scuola. È vero, mangia carne di ratto, ma imparerà a scrivere, pensa, mentre le prende la mano e la accompagna verso la via principale per aiutarla ad attraversare. Lì i camion sfrecciano fin dalle prime ore del mattino e non ci sono né cartelli né strisce pedonali.

Mentre camminano, Lalita solleva lo sguardo verso sua madre, preoccupata: non sono i camion a spaventarla, ma quel mondo nuovo, sconosciuto ai suoi genitori, nel quale sta per addentrarsi, da sola. Smita sente su di sé lo sguardo supplichevole della bambina; sarebbe così facile tornare indietro, raccogliere la cesta di giunco, portarla con sé... E invece no. Non guarderà Lalita vomitare in un fosso. Sua figlia andrà a scuola. Imparerà a leggere, a scrivere e a contare.

Impegnati.

Ubbidisci.

Ascolta il maestro.

La piccola improvvisamente ha l'aria smarrita, fragile, tanto che Smita vorrebbe stringerla tra le braccia e non lasciarla più. Deve lottare contro quest'impulso, farsi violenza. Quando Nagarajan era andato a parlarci, il maestro aveva detto: va bene. Aveva guardato la scatola in cui Smita aveva infilato tutti i loro risparmi, le monete messe via con pazienza, per mesi e mesi, per quello scopo. Le aveva prese e aveva detto: va bene. È così che funziona, Smita lo sa. Qui è il denaro a comandare. Nagarajan era tornato a casa per annunciarle la buona notizia ed entrambi se n'erano rallegrati.

Attraversano e improvvisamente ci siamo, è arrivato il momento, deve lasciare la mano di sua figlia, dall'altra parte della strada. Smita vorrebbe dirle: sii felice, non dovrai fare la mia vita, crescerai sana, non tossirai, avrai una vita migliore, più lunga, e la gente ti rispetterà. Non sarai marchiata da questo fetore infame, da quest'odore indelebile e maledetto, avrai una dignità. Nessuno ti lancerà gli avanzi come a un cane. Non chinerai mai più la testa né lo sguardo. Smita desidererebbe con tutto il cuore dirle queste cose. Ma non sa come esprimerle, come parlarle delle sue speranze, dei suoi sogni un po' folli, di quella farfalla che si agita dentro di lei.

Allora si china verso Lalita e le dice, semplicemente: vai!

Giulia

Palermo

Giulia si sveglia di soprassalto.

Stanotte ha sognato suo padre. Da bambina, adorava accompagnarlo nel suo giro tra i fornitori. All'alba, montavano assieme sulla sua Vespa; lei non si sedeva dietro, ma davanti, sulle sue ginocchia. La cosa che le piaceva di più era sentire il vento tra i capelli, l'inebriante sensazione di libertà e d'infinito prodotta dalla velocità. Non aveva paura: circondata dalle braccia di suo padre, non poteva succederle niente. Nelle discese gridava di emozione e di piacere. Guardava il sole sorgere sulla costa siciliana, le periferie che si animano, la vita che lentamente si risveglia e si sgranchisce.

Più di ogni altra cosa, le piaceva suonare alle porte della gente. Buongiorno, siamo qui per la cascatura, annunciava orgogliosa. Qualche volta le donne le regalavano un dolcetto o una figurina affidandole i sacchetti che contenevano i loro capelli. Giulia li prendeva e li porgeva al padre. Lui tirava fuori dalla borsa la piccola bilancia di ghisa che si portava ovunque, appartenuta a suo padre e a suo nonno prima di lui. Pesava le ciocche per stabilirne il valore e in cambio dava alla donna qualche soldo. Un tempo, i capelli venivano scambiati con dei fiammiferi, ma con la diffusione degli accendini quell'usanza si era persa. Ora, si pagava in contanti.

Suo padre le raccontava divertito delle signore anziane che, troppo affaticate per lasciare la loro stanza, calavano dalla finestra una cesta in cui avevano riposto i capelli. Lui le salutava con un cenno, prelevava le ciocche e appoggiava i soldi nella cesta, che risaliva facendo il percorso inverso.

Giulia ricorda perfettamente la risata di suo padre quando glielo raccontava.

Poi ripartivano assieme, diretti verso altre case. Arrivederci! Nei saloni da parrucchiere, il bottino era più consistente. Le piaceva l'espressione di suo padre quando gli consegnavano una treccia di capelli lunghi, i più rari e costosi. Pietro li pesava, li misurava, li tastava con attenzione per valutarne la consistenza e la densità, quindi pagava, ringraziava e ripartiva subito. Non c'era tempo da perdere, soltanto a Palermo il laboratorio Lanfredi contava un centinaio di fornitori. Se si fossero dati una mossa, sarebbero rientrati prima di pranzo.

Per qualche istante ancora, l'immagine resta sospesa. Giulia a nove anni, sulla Vespa di suo padre...

Gli attimi successivi sono sfocati, confusi, come se la realtà faticasse a imporsi, confondendosi nel sogno appena terminato.

Dunque è tutto vero. Il papà ieri ha avuto un incidente, durante il suo giro. Per una ragione ignota, la sua Vespa è uscita di strada. È strano, conosce perfettamente quella strada, l'avrà percorsa centinaia di volte. Forse un animale gli ha tagliato la strada, hanno detto i soccorritori, o magari ha avuto un malore. Non si sa. In questo momento, sta lottando tra la vita e la morte all'ospedale Paolo Giaccone. I medici non si sbilanciano. Bisogna prepararsi al peggio, hanno detto alla mamma.

Ma il peggio Giulia non vuole neppure immaginarlo. Un padre non può morire. I padri sono eterni, sono come una roccia, un pilastro, soprattutto il suo. Pietro Lanfredi è una forza della natura, camperà cent'anni, ripete spesso il suo grande amico, il dottor Signore, bevendo con lui un bicchierino di grappa. No, non è possibile, lui, Pietro, l'amante del buon vino e dei piaceri della vita, il patriarca, il capo, il sanguigno, il passionale, lui, il suo papà, il suo adorato papà, non può andarsene. Non adesso. Non in questo modo.

Oggi è la festa di santa Rosalia. Che triste scherzo del destino, pensa Giulia. Per tutto il giorno, i palermitani sfileranno per rendere omaggio alla loro santa patrona. *U fistinu* sta per entrare nel vivo, come ogni anno. Come da tradizione, suo padre ha concesso un giorno libero alle operaie perché possano partecipare alle celebrazioni: la processione lungo via Vittorio Emanuele e poi i fuochi d'artificio sopra il Foro Italico, al calare della notte.

Giulia non se la sente di pensare alla festa. Cercando d'ignorare le manifestazioni di gioia nelle strade, si siede al capezzale del padre, assieme alla madre e alle sorelle. Disteso nel letto d'ospedale, lui non sembra soffrire, ma è una magra consolazione. Il suo corpo, un tempo così forte, sembra fragile come quello di un bambino. Sembra più piccolo, come se si fosse ristretto. Forse è questo che succede quando l'anima se ne va... Giulia scaccia immediatamente quel pensiero funesto. Suo padre è qui, ed è ancora vivo. Devono aggrapparsi a questo. Commozione cerebrale, hanno detto i medici. Un'espressione che significa: non si sa. Nessuno può dire se vivrà o morirà. Lui stesso sembra non avere ancora deciso.

Bisogna pregare, dice la mamma. Chiede a Giulia e alle sue sorelle di accompagnarla alla processione di santa Rosalia, stamattina. La *santuzza* può compiere miracoli, lo ha già dimostrato in passato salvando la città dalla peste, devono implorare la sua grazia. Giulia non ama né le manifestazioni di fervore religioso né la folla, di cui teme i movimenti imprevedibili. Inoltre non ci crede, in queste cose. Naturalmente è stata battezzata, ha fatto la comunione... Ricorda ancora il giorno in cui, vestita col tradizionale abitino bianco, aveva ricevuto per la prima volta il sacramento dell'eucaristia, davanti allo sguardo commosso e devoto di tutta la famiglia. È sicuramente uno dei più bei ricordi della sua vita. Ma Giulia oggi non ha voglia di pregare. Vuole solo restare accanto a suo padre.

La mamma insiste: i medici sono impotenti, soltanto Dio può salvarlo. Sembra così convinta che Giulia, di colpo, invidia la sua fede, quella fede assoluta e un po' ingenua che non l'ha mai abbandonata. Non conosce una donna più devota di sua madre. Va in chiesa ogni settimana per sentire la messa in latino sebbene non ne capisca una parola, o quasi. Non c'è bisogno di capire per onorare il Signore, le piace ripetere. E così Giulia, alla fine, accetta.

Tutte assieme, raggiungono il corteo e si uniscono alla folla dei fedeli di santa Rosalia, tra la cattedrale e i Quattro Canti. Una marea umana si è riunita per rendere omaggio alla *santuzza*, la cui statua gigantesca viene portata in processione per le vie della città. È un luglio molto caldo a Palermo, un'afa opprimente soffoca la città e le sue strade. In mezzo al corteo, Giulia si sente mancare il respiro. Le orecchie fischiano, la vista si annebbia.

Approfittando della distrazione della madre, che si è fermata a parlare con una vicina venuta a informarsi sulle condizioni del papà - la notizia ha già fatto il giro del quartiere -, Giulia si allontana dal corteo. Si rifugia in un vicolo ombreggiato per rinfrescarsi con l'acqua di una fontanella. L'aria torna a poco a poco respirabile. Mentre si riprende, sente alcune voci concitate provenire dal fondo della via. Due carabinieri in divisa stanno apostrofando un uomo dalla pelle scura. Il giovane, molto alto, indossa un turbante nero, che i militari gli intimano di levarsi. Lui protesta, in un italiano perfetto con un leggero accento straniero, dice di essere in regola, mostra i documenti, ma non serve a nulla. I carabinieri si spazientiscono, minacciano di portarlo in caserma se si rifiuta di ubbidire: nel copricapo potrebbe esserci un'arma, sostengono i militari, e nel giorno della processione niente dev'essere lasciato al caso. Il giovane insiste, afferma che il turbante è un segno della sua appartenenza religiosa e che gli è proibito toglierselo in pubblico. Inoltre, aggiunge, non impedisce d'identificarlo, dato che è così che compare sulla sua carta d'identità, un privilegio accordato ai sikh dal governo italiano. Giulia osserva la scena, turbata. L'uomo è molto bello. Ha un fisico atletico, i lineamenti delicati, la pelle scura e occhi incredibilmente chiari. Avrà al massimo trent'anni. I carabinieri alzano la voce, uno dei due comincia a spintonarlo. Alla fine, lo prendono e lo trascinano verso la caserma.

Lo sconosciuto non oppone resistenza. Con un atteggiamento al tempo stesso dignitoso e rassegnato, oltrepassa Giulia, scortato dai due militari. Per un attimo, i loro sguardi s'incrociano. Lei non abbassa gli occhi, e lo sconosciuto neppure. Lo guarda sparire dietro l'angolo.

Che fai?!

Giulia sobbalza. Francesca è appena spuntata alle sue spalle.

Ti abbiamo cercato ovunque!
Dai, andiamo!

A malincuore, Giulia si accoda alla processione assieme alla sorella maggiore.

Quella sera fatica a prendere sonno. L'immagine dell'uomo dalla pelle scura continua a riaffacciarsi. Giulia non può fare a meno di chiedersi che ne sia stato di lui, che cosa gli abbiano fatto. Lo avranno maltrattato, picchiato, rimandato al suo Paese? La mente si perde in una serie infinita di congetture. C'è una domanda che la tormenta più delle altre: sarebbe dovuta intervenire? E che cos'avrebbe potuto fare? Si sente in colpa per essere stata così passiva. Non capisce perché il destino di quello sconosciuto le stia tanto a cuore. Una sensazione strana l'ha investita quando lui l'ha guardata, una sensazione del tutto sconosciuta. Curiosità, forse? O magari empatia?

A meno che non sia qualcos'altro, qualcosa che non saprebbe definire.

Sarah

Montréal, Canada

Sarah è caduta. In un'aula del tribunale, nel bel mezzo di un'arringa, pochi istanti fa. Prima si è interrotta, ansimante, guardandosi attorno come se, all'improvviso, non capisse più dove si trovava. Ha provato a riprendere il filo della sua argomentazione, nonostante il pallore in viso e il tremore alle mani, gli unici dettagli che tradissero il suo malessere. Poi la vista si è annebbiata, il campo visivo si è oscurato, il fiato è diventato corto. Il battito cardiaco ha rallentato, il sangue è defluito dal volto come un fiume che abbandona il proprio letto. Sarah è crollata, come le Torri Gemelle, che tutti credevano indistruttibili. La caduta è stata silenziosa. Sarah non ha emesso un lamento, non ha chiesto aiuto. È collassata senza far rumore, come un castello di carte, quasi con grazia.

Quando riapre gli occhi, c'è un uomo chino su di lei, con indosso la divisa da infermiere.

Ha avuto un malore, Madame. La stiamo portando in ospedale.

Ha detto *Madame*. Sarah ha appena ripreso conoscenza, ma il dettaglio non le è sfuggito. Detesta quando gli altri la chiamano *Madame*: ogni volta, è come uno schiaffo in pieno volto. Allo studio lo sanno, tutti la chiamano *Maître* oppure *Mademoiselle*, mai *Madame*. Sposata due volte, divorziata due volte, le conseguenze si annullano. E poi Sarah la disprezza, quella parola che significa: non sei più una ragazza, una signorina, sei passata nella categoria successiva. Odia i questionari in cui le viene chiesto di barrare la casella della fascia d'età cui appartiene. Ha dovuto dire addio alla seducente fascia dei 30-39 anni per passare a quella, meno attraente, dei 40-49. I quaranta sono arrivati all'improvviso, senza che avesse il tempo di accorgersene. E, benché sapesse di averne compiuti trentotto, persino trentanove, i quaranta, no, non se li aspettava. Non pensava che sarebbero arrivati così presto. « Non si è giovani dopo i quarant'anni »: le torna in mente questa frase di Coco Chanel letta un giorno in una rivista. L'aveva richiusa all'istante, prima ancora di avere il tempo di leggere il seguito: « Ma si può essere irresistibili a tutte le età ».

Mademoiselle, lo corregge immediatamente Sarah, sollevandosi. Cerca di rialzarsi, ma l'infermiere la blocca con un gesto al tempo stesso dolce e deciso. Lei protesta, tira in ballo la causa che stava difendendo, una questione urgente e della massima importanza. Come sempre.

Cadendo si è tagliata. Dovranno metterle dei punti.

Vicino a lei c'è Inès, l'assistente che l'aiuta nella gestione delle cause. La giovane la informa che l'udienza è stata rinviata e che ha appena telefonato allo studio per rimandare i suoi prossimi impegni. Come al solito, Inès è pronta, efficiente, in una parola: perfetta. Sembra preoccupata per Sarah, si offre di accompagnarla in ospedale. Lei però preferisce rimandarla allo studio, le sarà più utile laggiù, dove potrà occuparsi della citazione in giudizio del giorno dopo.

Mentre aspetta al pronto soccorso del CHUM, il Centre Hospitalier de l'Université de Montréal, Sarah pensa che, nonostante il nome seducente – *chum* in *québéquois* significa « fidanzato » –, che richiama alla mente una relazione sentimentale, il CHUM non ha nulla di affascinante. Alla fine, Sarah decide di andarsene. Non ha intenzione di aspettare due ore per farsi mettere tre punti sulla fronte, un cerotto sarà più che sufficiente, deve tornare al lavoro. Un medico la insegue, le dice di sedersi: non può andare via senza essere stata visitata. Sarah protesta, ma non ha altra scelta che ubbidire.

Il medico che finalmente la riceve ha dita lunghe e sottili. È molto concentrato. Le fa una serie di domande, cui Sarah risponde a monosillabi. Non capisce lo scopo di questa sceneggiata; lei sta bene, non fa che ripeterlo, ma il medico continua la visita. A malincuore, come un'indiziata cui viene estorta una confessione, alla fine lo ammette: sì, in questo periodo si sente stanca. Ma chi non lo sarebbe con tre bambini, una casa da mandare avanti, un frigo da riempire e un lavoro a tempo pieno?

Sarah non gli dice che, da un mese, si sveglia a pezzi. Che ogni sera, quando torna a casa, dopo aver ascoltato il resoconto di Ron sulla giornata dei bambini, dopo aver cenato con loro, messo a letto i gemelli e aiutato Hannah a ripassare, crolla sul divano e si addormenta prima ancora di aver raggiunto il telecomando dell'enorme TV che ha appena comprato ma che non guarda mai.

Non gli parla neppure di quel dolorino al seno sinistro, che sente da un po' di tempo. Sicuramente non è nulla... Non le va di parlarne, non qui, non ora, non a questo sconosciuto in camice bianco che la scruta con freddezza. Non è il momento.

Il medico, però, sembra preoccupato: la pressione bassa, e poi quel pallore. Sarah minimizza, finge, inganna, è bravissima in questo gioco. In fondo, è il suo lavoro. Allo studio, tutti conoscono la sua vecchia battuta: come si fa a capire quando un avvocato mente? Quando muove le labbra. Sarah ha avuto la meglio sui magistrati più pervicaci della città, non sarà certo un dottorino alle prime armi a farla crollare. Una semplice botta di stanchezza, tutto qui. Un burnout? L'espressione la fa sorridere. Un termine alla moda, usato a sproposito, una parola decisamente grossa per un po' di affaticamento. Una colazione troppo leggera stamattina, o troppo poco sonno... Troppo poco sesso, sarebbe tentata di aggiungere per fare una battuta, ma l'espressione severa del medico scoraggia qualunque tentativo di sdrammatizzare. È un peccato, sarebbe quasi carino, con quegli occhialetti e i bei capelli ricci, quasi il suo tipo... E va bene, prenderà un po' di vitamine, se proprio ci tiene. Sorridendo, accenna a un cocktail stimolante di cui ha brevettato la formula: caffè, cognac e cocaina. Molto efficace, dovrebbe provarlo anche lui.

Il medico non è in vena di scherzi. Le consiglia di rifiatare, di prendersi un periodo di riposo. *Rallentare un po'*, è questa l'espressione che usa. Sarah scoppia a ridere. Allora anche i medici hanno il senso dell'umorismo... Rallentare un po'? E in che modo? Vendendo i suoi figli su eBay? Decidendo che, a partire da stasera, si digiuna? Annunciando ai suoi clienti che è in sciopero? Le cause che tratta sono troppo importanti, non può delegarle ad altri. Fermarsi non è un'opzione. Quanto a prendersi un po' di ferie, non sa nemmeno più cosa significhi; quasi non ricorda l'ultima volta che è stata in vacanza: l'anno scorso, o forse quello prima? Il medico si lascia sfuggire una frase vuota, cui lei preferisce non dare peso: nessuno è insostituibile. È chiaro che non ha la più pallida idea di che cosa significhi essere socia dello studio Johnson & Lockwood, di che cosa significhi essere Sarah Cohen.

Sarah decide che è ora di andarsene. Il medico cerca di trattenerla per sottoporla ad altri esami, ma lei si rifiuta.

Eppure non è una che ama rimandare. A scuola era una studentessa modello, *una ragazza studiosa,* come dicevano i suoi insegnanti. Odiava dover fare le cose all'ultimo momento, le piaceva *portarsi avanti.* Aveva l'abitudine di dedicare le prime ore del weekend o i primi giorni delle vacanze a fare i compiti, così poi si sentiva più libera. Anche allo studio, è sempre un passo avanti agli altri, per questo ha fatto carriera così velocemente. Non lascia niente al caso, lei *pre-vie-ne.*

Ma non qui. Non ora.
Non è il momento.

Sarah torna verso il suo mondo, verso i suoi appuntamenti, le sue *conf call,* le sue liste d'impegni, i suoi faldoni, le sue arringhe, le sue riunioni, i suoi appunti, i suoi pranzi di lavoro, le sue citazioni in giudizio, i suoi procedimenti, i suoi tre figli. Torna al fronte come un bravo soldato, si rimette la maschera che indossa da sempre e che le dona così tanto, quella della donna sorridente e di successo. La maschera non si è rotta, non si è neppure scalfita. Quando tornerà allo studio, rassicurerà Inès e i colleghi: non era niente. E tutto tornerà come prima.

Nelle settimane successive, ci sarà quel controllo dalla ginecologa. Sì, sento qualcosa, le dirà visitandola, e il suo volto si tingerà di preoccupazione. Le prescriverà una serie di esami dai nomi inquietanti, che fanno paura solo a pronunciarli: mammografia, risonanza magnetica, TAC, biopsia. Esami che, di per sé, sono già una diagnosi. Una condanna.

Ma *non è il momento,* non ancora. Sarah lascia l'ospedale, contro il parere del medico.

Per ora va tutto bene.

Finché non ne parla, non esiste.

La stanza è più piccola d'una cameretta,
ci sta al massimo un lettino,
come quello di un bambino.
È qui che lavoro, da sola,
in silenzio, giorno dopo giorno, ora dopo ora.

Naturalmente, ci sono le macchine,
ma l'effetto è più fitto.
Qui non si lavora alla catena.
Ogni modello è un prototipo.
E ciascuno mi rende fiera.

Col tempo, le mie mani sono diventate
quasi indipendenti dal resto del corpo.
Se i movimenti s'imparano presto,
la velocità si acquista con gli anni.

Sono al lavoro da così tanto,

qui china sul telaio,
che gli occhi si sono consumati.
Il mio corpo è stanco,
lo tormenta l'artrite,
eppure,
l'agilità non ha mai abbandonato le mie dita.

A volte, i miei pensieri fuggono da questo laboratorio,
e mi portano via,
verso terre remote,
verso vite sconosciute,
le cui voci mi giungono
come un'eco sottile,
e si uniscono alla mia.

Smita

Villaggio di Badlapur, Uttar Pradesh, India

Entrando nella baracca, Smita nota immediatamente l'espressione della figlia. Ha finito in fretta il suo giro e non si è neppure fermata dalla vicina per dividere con lei gli avanzi dei *jat*, come fa di solito. È corsa al pozzo a prendere l'acqua, ha posato la cesta di giunco e si è lavata in cortile: solo un secchio, non di più, deve lasciarne un po' per Lalita e Nagarajan. Ogni sera, prima di varcare la soglia di casa, per tre volte Smita si strofina il corpo col sapone; si rifiuta di portare a casa quell'odore infame, non vuole che la figlia e il marito l'associno a quel tanfo. Quell'odore, l'odore della merda degli altri, non le appartiene, non vuole essere ridotta a questo. Allora con tutte le forze strofina mani, piedi, corpo e viso, strofina sino a ferirsi la pelle, dietro il lembo di tessuto che le fa da paravento, in fondo a quel cortile appartato, ai margini del villaggio di Badlapur, ai confini dell'Uttar Pradesh.

Smita si asciuga e s'infila gli abiti puliti prima di entrare nella baracca. Lalita è seduta in un angolo e stringe le ginocchia al petto. Ha lo sguardo fisso, inchiodato al suolo. Sul suo volto, Smita scorge un'espressione mai vista prima, un misto indecifrabile di rabbia e di tristezza.

Che cos'hai?

La bambina non risponde. La sua bocca non si schiude.

Dimmelo.
Su, racconta.
Parla!

Lalita tace, lo sguardo perso nel vuoto, come se fissasse un punto immaginario che soltanto lei può vedere, un luogo inaccessibile, lontano dalla baracca, lontano dal villaggio, dove nessuno può raggiungerla, nemmeno sua madre. Smita si spazientisce.

Parla!

La bimba si raggomitola, si chiude in se stessa come una chiocciola impaurita nel suo guscio. Sarebbe facile scrollarla, mettersi a urlare, costringerla a parlare. Ma Smita conosce sua figlia, sa che in quel modo non otterrà nulla. Nel suo stomaco, la farfalla è diventata un granchio. Un senso d'angoscia la attanaglia. Che cos'è successo a scuola? Quel mondo le è completamente sconosciuto, eppure ci ha mandato sua figlia, il suo tesoro più prezioso. Avrà fatto male? Che cosa le avranno fatto?

Smita osserva la bambina: sulla schiena, il sari sembra rovinato. Uno strappo, sì, è proprio uno strappo!

Che cos'hai combinato?
Ti sei sporcata tutta!
Dove sei stata?

La prende per il polso e la tira a sé, per staccarla dal muro: il sari nuovo, che ha impiegato ore a cucire, notte dopo notte, rinunciando al sonno perché fosse pronto in tempo, quel sari che è il suo orgoglio, è strappato, rovinato, macchiato!

L'hai strappato! Guarda!

Smita si mette a urlare, furiosa, poi di colpo si blocca. Un dubbio tremendo l'assale. Trascina la figlia in cortile, all'aria aperta. La baracca è scura, all'interno entra poca luce. Comincia a spogliarla, le sfila bruscamente il sari. Lalita non si oppone. La stoffa cede facilmente, l'abito è un po' troppo grande per lei. Smita è scossa da un brivido quando vede la schiena della bambina: è tutta solcata da segni rossi. Segni di percosse. In alcuni punti la pelle è lacerata, si vede la carne viva. Rosso vermiglio, come il suo *bindi*.

Chi è stato a farti questo?
Dimmelo!
Chi ti ha picchiato?

La bambina abbassa lo sguardo, e dalla sua bocca escono due parole. Due semplici parole.

Il maestro.

Il viso di Smita avvampa, la sua giugulare si gonfia per la rabbia. Lalita si ritrae, quella vena sporgente le fa orrore, la spaventa, sua madre di solito è così calma. Smita afferra la bambina, la strattona, il suo corpicino nudo oscilla come un fuscello.

Perché?
Che cos'hai fatto?
Non gli hai ubbidito?

Smita esplode: sua figlia che disubbidisce il primo giorno di scuola! Il maestro non vorrà mai più rivederla, è sicuro, le sue speranze sono sfumate, i suoi sacrifici sono stati inutili! Sa perfettamente cosa significa: tornare alle latrine, alle cloache, alla merda degli altri. Tornare alla cesta, a quella cesta maledetta da cui avrebbe tanto voluto proteggerla... Smita non è mai stata violenta, non ha mai picchiato nessuno, ma all'improvviso sente montare dentro di sé una rabbia incontrollabile. È una sensazione sconosciuta, che la travolge, una marea incontenibile che sommerge la diga della ragione. Le dà uno schiaffo, poi un altro. Lalita si raggomitola sotto le percosse della madre, si protegge il viso con le mani, come può.

Nagarajan sta tornando dai campi quando sente le grida. Si precipita in cortile e si frappone tra sua moglie e sua figlia. Smita! Smettila! Riesce a spingerla via, prende in braccio Lalita. La piccola è scossa dai singhiozzi. Il padre si accorge dei segni sulla schiena, delle striature sulla pelle ferita. La stringe forte a sé.

Ha disubbidito al brahmano! urla Smita. Nagarajan guarda sua figlia, ancora tra le sue braccia.

È vero?

Dopo un istante di silenzio, Lalita, finalmente, parla. E pronuncia una frase che è come uno schiaffo.

Mi ha ordinato di spazzare il pavimento della classe.

Smita è paralizzata. Lalita ha parlato a voce bassissima, non è sicura di aver capito bene. La costringe a ripetere.

Che cos'hai detto?

Mi ha ordinato di spazzare il pavimento davanti agli altri.

Io gli ho detto di no.

Temendo altre percosse, la bimba si raggomitola. Diventa minuscola, come se la paura la rimpicciolisse. Smita è senza fiato. Attira a sé la piccola, la stringe con tutta la forza di cui le sue fragili braccia sono capaci e scoppia a piangere. Lalita si abbandona, nasconde la testa nel collo di sua madre, in segno di rappacificazione. Restano immobili così, a lungo, sotto lo sguardo disorientato di Nagarajan. È la prima volta che vede sua moglie piangere. Di fronte alle tante prove imposte dalla vita, lei non è mai arretrata, non si è mai arresa, è una donna forte e determinata. Ma oggi è diversa. Abbracciata al corpo di quella figlia ferita e umiliata, Smita torna bambina e piange per le speranze deluse, piange per il futuro che aveva sognato e che non potrà mai offrirle, perché ci sarà sempre un *jat* o un brahmano a ricordargli chi sono e da dove vengono.

La sera, dopo aver messo a letto e cullato Lalita, che finalmente si è addormentata, Smita dà libero sfogo alla sua rabbia. Perché l'ha fatto? Quel brahmano, quel maestro, aveva accettato che Lalita andasse a scuola assieme agli altri, ai figli dei *jat*, aveva preso i loro soldi e aveva detto: va bene! Smita conosce lui e conosce la sua famiglia, la loro casa si trova al centro del villaggio. Pulisce le loro latrine tutti i giorni, sua moglie ogni tanto le regala del riso. E allora perché?

D'un tratto, le tornano in mente i cinque laghi che Viṣṇu aveva riempito col sangue degli *kṣatriya* per difendere i brahmani. La loro è la casta dei letterati, dei sacerdoti, degli illuminati, sono il vertice dell'umanità, la casta superiore a tutte le altre. A che scopo si accaniscono contro Lalita? Lei non può fargli niente, non minaccia né la loro sapienza né il loro stile di vita, allora perché ricacciarla nel fango in quel modo? Perché non insegnarle a leggere e a scrivere, come agli altri bambini?

Spazzare il pavimento significa: tu non hai il diritto di stare qui. Sei una *dalit*, una *scavenger*, e lo resterai per tutta la vita. Morirai immersa nella merda, come tua madre e tua nonna prima di te. Come i tuoi figli, i tuoi nipoti, come tutti i tuoi discendenti. Per voi non ci sarà mai nient'altro. Per voi, gli intoccabili, i rifiuti della società, la vita sarà soltanto questo odore infame, nei secoli dei secoli, soltanto questo, la merda degli altri, la merda del mondo intero da raccogliere.

Lalita si è ribellata. Ha detto di no. Il pensiero la rende orgogliosa. Questa bambinetta di sei anni, alta come uno sgabello, ha guardato negli occhi il brahmano e gli ha detto *no*. Lui l'ha presa, l'ha picchiata con la sua bacchetta di vimini, in mezzo all'aula, sotto gli occhi di tutti. Ma lei non ha pianto, non ha gridato, non si è lasciata sfuggire un lamento. Quand'è suonata la campanella del pranzo, il brahmano le ha proibito di mangiare, le ha sequestrato la scatola di latta che Smita aveva preparato per lei. Non ha potuto neppure sedersi, soltanto guardare gli altri mangiare. Ma non ha protestato, non l'ha implorato. È rimasta in piedi, da sola. Con dignità. Sì, Smita è orgogliosa di sua figlia; è vero, mangia carne di ratto, ma è più forte di tutti i brahmani e di tutti i *jat* messi assieme. Non sono riusciti a domarla, a schiacciarla. L'hanno riempita di botte, marchiata di cicatrici, ma lei è rimasta integra, fedele a se stessa. Non l'hanno scalfita.

Nagarajan la pensa diversamente: Lalita si sarebbe dovuta piegare, in fondo passare la scopa non è una tragedia, fa meno male di una bacchettata... Smita esplode: come può dire una cosa del genere?! La scuola deve istruire le persone, non sottometterle. Andrà a parlare col brahmano, sa dove abita, conosce la porta secondaria sul retro di casa sua, la varca ogni giorno con la sua cesta per svuotare la sua latrina... Nagarajan la dissuade: non otterrà nulla affrontando il brahmano. È più potente di lei. Chiunque è più potente di lei. Lalita deve accettare i soprusi, se vuole tornare a scuola. È questo il prezzo per imparare a leggere e a scrivere. Nel loro mondo funziona così, non si abbandona impunemente la propria casta. Qui, tutto ha un prezzo.

Smita scruta suo marito, tremante di rabbia: non permetterà che sua figlia diventi il capro espiatorio del brahmano. Come gli salta in mente di dire una cosa simile? Come può anche solo averla pensata? Dovrebbe difendere sua figlia, insorgere, sfidare il mondo intero per lei. Non è forse questo il compito di un padre? Lei preferirebbe morire piuttosto che rimandarla in quella scuola. No, Lalita non ci rimetterà mai più piede. Smita maledice questa società che calpesta chi dovrebbe proteggere, i deboli, le donne, i bambini.

E va bene, dice Nagarajan. Lalita non ci tornerà. Domani, Smita la porterà con sé. Le insegnerà il mestiere di sua madre e di sua nonna. Lalita erediterà la cesta. In fondo, le donne della sua famiglia lo fanno da secoli. È il suo *dharma*. Sperare in una sorte diversa è stato un errore, Smita ha sbagliato. Ha voluto imboccare un'altra strada, uscire dal percorso già tracciato, ci ha pensato il brahmano a rimetterla al suo posto a colpi di bacchetta. Fine del discorso.

Quella sera, Smita prega davanti al piccolo altare consacrato a Viṣṇu. Sa che non riuscirà a prendere sonno. Ripensa ai cinque laghi di sangue, e si chiede quanti laghi del loro sangue, il sangue degli intoccabili, bisognerà versare perché finalmente siano liberati da questo giogo millenario. Come lei, milioni di persone vivono così, aspettando la morte con rassegnazione. In una delle prossime vite andrà meglio, diceva sua madre, a meno che il ciclo infernale della reincarnazione non s'interrompa.

Il nirvana, la meta finale: era questa la sua speranza. Lei sognava di morire sulle rive del Gange, il fiume sacro. Si dice che, dopo, il ciclo infernale della vita finisca. Non rinascere più, fondersi nell'assoluto, nel cosmo, è questo il fine ultimo. Non è un privilegio concesso a tutti, diceva sua madre. Molti sono condannati a vivere. L'ordine delle cose è una punizione divina, bisogna accettarlo così com'è. È così che funziona: l'eternità, bisogna meritarsela.

In attesa dell'eternità, i *dalit* chinano la testa.

Ma non Smita. Non oggi.

Per sé, ha accettato questa sorte, come si accetta una fatalità crudele. Ma non si prenderanno sua figlia. Qui, davanti all'altare dedicato a Viṣṇu, in mezzo alla baracca scura, mentre suo marito dorme già, Smita lo giura: non si prenderanno Lalita. La sua rivolta è silenziosa, impercettibile, quasi invisibile.

Ma esiste.

Giulia

Palermo

Sembra la bella addormentata nel bosco, pensa Giulia guardando suo padre.

Da otto giorni è in questo letto di ospedale, avvolto da lenzuola bianche. Le sue condizioni sono stabili. Sembra in pace, come una principessa che attende che qualcuno venga a svegliarla. Le viene in mente la fiaba della bella addormentata che lui le leggeva prima di andare a dormire, quand'era bambina. Parlava con voce profonda quando entrava in scena la strega cattiva, quella che scaglia la maledizione. Sebbene lui le avesse raccontato quella storia migliaia di volte, Giulia si emozionava sempre quando alla fine la principessa si risvegliava. Adorava quei momenti, quando fuori era buio e la voce di suo padre riempiva la casa di famiglia.

Ma la voce ora tace.

Attorno a suo padre, ormai, c'è soltanto silenzio.

Al laboratorio, il lavoro è ripreso. Le operaie hanno fatto sentire il loro sostegno a Giulia. Gina le ha preparato la cassata, il suo dolce preferito. Agnese ha comprato i cioccolatini per la mamma. La Nonna si è offerta di darle il cambio al capezzale di Pietro. Alessia, che ha un fratello prete, ha fatto dire messa in Santa Caterina. Attorno a lei si è stretta una piccola comunità che rifiuta di abbandonarsi allo sconforto. Di fronte a loro, Giulia si sforza di essere ottimista, come suo padre. Uscirà dal coma, non c'è dubbio, e tutto tornerà come prima. È solo una parentesi, un momento di sospensione, pensa Giulia.

Ogni sera, dopo aver chiuso il laboratorio, Giulia corre al capezzale di suo padre. Ha preso l'abitudine di leggere per lui. I medici le hanno detto che i pazienti in coma sentono ciò che si dice attorno a loro, e allora lei legge, ad alta voce, per ore e ore, le parole dei poeti e dei romanzi. Dopo tanti anni, è arrivato il mio turno di leggergli le favole, pensa Giulia. Dal luogo in cui si trova, il papà riesce a sentirla, ne è convinta.

All'ora di pranzo, Giulia va in biblioteca, vuole prendere in prestito qualche libro nuovo per lui. Quando entra nella sala di lettura immersa nel silenzio, accade qualcosa di strano. All'inizio non lo nota, così nascosto tra gli scaffali. Poi, di colpo, lo vede.

È lui.

Il ragazzo col turbante.

Quello dell'altro giorno, in strada, alla festa di santa Rosalia.

Giulia è stupita. Lo sconosciuto è girato di spalle, non lo vede in faccia. Lui s'infila in un altro corridoio. Lei lo segue, incuriosita. Mentre lui prende un libro, Giulia scorge finalmente il suo volto: è proprio lui, l'uomo fermato dai carabinieri... Sembra che stia cercando qualcosa che non riesce a trovare. Turbata dalla coincidenza, la ragazza rimane immobile a osservarlo. L'uomo non si è accorto della sua presenza.

Alla fine, lei si decide ad avvicinarsi. Ma come attaccare discorso? Non è abituata a fare il primo passo, di solito sono i ragazzi a cercarla. Giulia è molto bella, glielo dicono in tanti. Coi suoi modi da maschiaccio, sprigiona un misto di sensualità e innocenza che non lascia indifferenti gli uomini. I ragazzi le provano tutte: fanno i complimenti, sussurrano paroline dolci... Giulia li conosce bene, sa già dove vogliono andare a parare. Ciò nonostante, un'audacia inaspettata s'impadronisce di lei.

Ciao.

L'uomo si volta, sorpreso. Non sembra riconoscerla. Giulia esita, intimorita.

Ti ho visto l'altro giorno in strada, durante la processione. Quando i carabinieri...

S'interrompe a metà frase, colta da un improvviso imbarazzo. E se quell'episodio lo mettesse a disagio? Si è già pentita della sua audacia. Vorrebbe sparire, non avergli mai rivolto la parola. Ma l'uomo annuisce. Ora si ricorda di lei.

Giulia prosegue:

Temevo che... ti avessero portato in prigione.

Lui sorride. Sul suo viso si disegna un'espressione innocente e divertita: chi è questa strana ragazza che si preoccupa per lui?

Mi hanno trattenuto per tutto il pomeriggio. Ma alla fine mi hanno lasciato andare.

Giulia osserva il suo volto. Nonostante la pelle scura, i suoi occhi sono chiarissimi. Ora li vede perfettamente. Un azzurro intenso che tende al verde, o forse è il contrario. Una combinazione affascinante. Giulia prende coraggio.

Forse posso aiutarti.
Conosco questi scaffali come le mie tasche.
Stai cercando un libro in particolare?

L'uomo le spiega che vorrebbe leggere un libro in italiano; niente di complicato, aggiunge. Parla correntemente la lingua, ma con la lettura ha ancora qualche difficoltà. Gli piacerebbe migliorare.

Giulia annuisce. Lo porta nel reparto dedicato alla letteratura italiana. Esita: gli autori contemporanei le sembrano un po' troppo ostici. Alla fine, gli consiglia un romanzo di Salgari che adorava da bambina: *I figli dell'aria,* il suo preferito. Lo sconosciuto lo prende e la ringrazia. Qualunque altro uomo a questo punto cercherebbe di trattenerla, di fare conversazione, coglierebbe l'occasione per tentare di sedurla. Lui no. Si limita a salutarla e si allontana.

Mentre lo guarda uscire dalla biblioteca con in mano il libro appena preso in prestito, Giulia sente una fitta al cuore. Rimpiange amaramente di non avere il coraggio di seguirlo. Qui, certe cose non si fanno. Non sta bene che una donna rincorra un uomo conosciuto da poco. Come vorrebbe essere diversa, avere la forza di agire invece di stare seduta in un angolo mentre la vita le passa accanto. Giulia maledice la sua vigliaccheria e la sua passività.

In passato aveva avuto dei flirt, delle storielle. Niente di più che qualche bacio, qualche carezza scambiata di nascosto. Giulia aveva accettato le attenzioni di quei ragazzi, limitandosi a ricambiare il loro interesse, ma non aveva mai fatto il primo passo.

S'incammina verso il laboratorio pensando allo sconosciuto, a quel lembo di stoffa avvolto sulla sua testa che lo fa sembrare così diverso, quasi fuori dal tempo. Pensa a quei capelli nascosti. E al suo corpo, sotto la camicia stropicciata. Al pensiero, Giulia arrossisce.

Animata dalla speranza inconfessabile di rincontrarlo, il giorno dopo torna in biblioteca, sebbene non abbia bisogno di nuovi libri: non ha ancora finito quello che sta leggendo al papà. Non appena entra nella sala di lettura, Giulia si blocca: lo sconosciuto è qui, nello stesso posto del giorno prima. L'uomo solleva lo sguardo verso di lei, quasi la stesse aspettando. Il cuore le batte così forte che sembra voler uscire dal petto.

Lui le viene incontro, è così vicino che Giulia riesce a sentire il suo respiro tiepido, dolce come lo zucchero. Voleva ringraziarla per il libro che gli ha consigliato. Non sapendo cosa regalarle, le ha portato una bottiglietta dell'olio d'oliva prodotto dalla cooperativa in cui lavora. Giulia lo fissa, colpita dal suo gesto; lo sconosciuto emana una sensazione di dolcezza e dignità che la sconvolge. È la prima volta che si sente così profondamente turbata da un uomo.

Giulia prende la bottiglietta, stupita. L'uomo le spiega che ha raccolto e pressato personalmente le olive. Nell'istante in cui lui fa per andarsene, Giulia ritrova tutto il suo coraggio. Con le guance in fiamme, gli propone di andare a fare due passi al molo... Il mare non è lontano, il cielo è sereno...

Lo sconosciuto esita un istante, poi accetta.

Kamaljit Singh – è questo il suo nome – non è un tipo loquace. Giulia è sorpresa da questo dettaglio; qui gli uomini amano parlare, soprattutto di sé. Il ruolo delle donne è ascoltarli. Mai mettere in ombra un uomo, le ha spiegato sua madre. Kamal è diverso, non si confida facilmente. Eppure decide di raccontarle la sua storia.

Kamal è di fede sikh; ha lasciato il Kashmir quando aveva vent'anni, per sfuggire alle persecuzioni imposte alla sua gente. Dopo i fatti del 1984, quando l'esercito indiano ha soffocato nel sangue le rivendicazioni dei separatisti, massacrando i fedeli nel Tempio d'Oro, la sorte dei sikh è minacciata. Kamal era sbarcato in Sicilia in una notte gelida, da solo, senza i genitori: sono in molti a decidere di mandare i figli in Occidente non appena diventano maggiorenni. Era stato accolto dalla comunità sikh locale. Dopo la Gran Bretagna, l'Italia è il Paese europeo che ha accolto più membri del suo popolo, le spiega Kamal. Reclutato da un caporale, aveva cominciato a lavorare nei campi. Le descrive il meccanismo attraverso cui i caporali assoldano i clandestini e li portano nei luoghi in cui lavorano. Per rifarsi dei costi legati al trasporto, alla bottiglia d'acqua e al misero panino che gli venivano forniti, il caporale tratteneva una percentuale dalla loro paga, a volte addirittura la metà. In qualche caso, gli è capitato di lavorare per uno o due euro all'ora. Ha raccolto tutto ciò che la terra siciliana produce: limoni, olive, pomodorini, arance, carciofi, zucchine, mandorle... Le condizioni di lavoro non sono negoziabili. È così che funziona, prendere o lasciare.

Alla fine, la sua pazienza è stata ricompensata; dopo tre anni di clandestinità, Kamal ha ottenuto lo status di rifugiato e un permesso di soggiorno permanente. Ha trovato un lavoro notturno in una cooperativa che produce olio d'oliva. Il lavoro gli piace, le dice. Le racconta che pettina i rami degli ulivi con una specie di rastrello, per raccoglierne i frutti senza sciuparli. Kamal è affezionato alla compagnia di quelle piante millenarie. La loro longevità lo affascina. L'oliva è un alimento nobile, un simbolo di pace, conclude sorridendo.

Se da un lato lo Stato lo ha regolarizzato, non si può dire che la gente l'abbia davvero accolto. La società siciliana guarda con diffidenza agli immigrati, i due mondi coesistono senza parlarsi. Kamal le confessa di sentire la mancanza del suo Paese. Quando ne parla, su di lui scende un velo di tristezza, come un ampio mantello che lo avvolge.

Quel giorno, Giulia torna al laboratorio con due ore di ritardo. Per tranquillizzare la Nonna, che era in pensiero per lei, le dice di aver forato una ruota della bici.

Non le dice la verità. La bicicletta è a posto, è il suo cuore a essere sottosopra.

Sarah

Montréal, Canada

La bomba è stata sganciata. È esplosa qui, proprio adesso, nello studio di questo medico un po' maldestro, che non sapeva bene come dirglielo. Nonostante l'esperienza e gli anni di pratica alle spalle, è più forte di lui, non ci si è mai abituato. Si lascia coinvolgere troppo dalle pazienti, probabilmente, da tutte quelle donne giovani e meno giovani la cui vita viene stravolta nel giro di pochi istanti dal suono di quella parola tanto temuta.

BRCA2. Sarah scoprirà solo in seguito il nome del gene mutato. La maledizione delle donne ashkenazite. Come se la sua gente non avesse già sofferto abbastanza, penserà. Dopo i pogrom, dopo la Shoah, perché ancora una volta lei e il suo popolo? Lo leggerà, nero su bianco, sulle pagine di un articolo scientifico: le donne ebree ashkenazite hanno quaranta possibilità su cento di contrarre il cancro al seno, mentre la media è una su cinquecento. È scientificamente provato. Esistono dei fattori aggravanti: un precedente caso di cancro tra gli ascendenti diretti, una gravidanza gemellare... I segnali c'erano tutti, penserà Sarah. Solo che lei non li ha visti. O forse non ha voluto vederli.

Il medico ha le sopracciglia nere e cespugliose. Sarah non riesce a staccare gli occhi da quelle sopracciglia; è curioso, quell'estraneo le sta parlando del tumore sulle sue radiografie - grosso come un mandarino, precisa -, ma lei non riesce a concentrarsi su ciò che dice. È come se non distinguesse altro che quelle sopracciglia scure e irsute, simili a una selva popolata di animali feroci; ha persino qualche pelo che gli esce dalle orecchie. Mesi dopo, quando ripenserà a quel giorno, il primo ricordo che le tornerà alla mente sarà proprio questo: le sopracciglia del medico che le annunciava che aveva il cancro.

Ovviamente non pronuncia quella parola. Nessuno la dice. Bisogna intuirla, nascosta dietro le perifrasi, sommersa dal gergo medico. Come fosse un insulto, un tabù, una maledizione.

Ma è di questo che si tratta.

Grosso come un mandarino, così ha detto. Allora esiste. Allora è vero. Eppure Sarah ha fatto di tutto per rimandare questo momento, ha ignorato i dolori lancinanti, la stanchezza cronica. Ha scacciato il pensiero ogni volta che si affacciava, ogni volta che avrebbe potuto - o dovuto? - esprimerlo. Oggi, però, bisogna affrontarlo. Quella cosa c'è, esiste davvero.

Un mandarino può essere enorme e insignificante al tempo stesso, riflette Sarah. Nonostante tutto, sente che la malattia l'ha colpita a tradimento, quando meno se l'aspettava. Il tumore è maligno, diabolico, ha tramato nell'ombra, in silenzio, attendendo il momento giusto.

Sarah ascolta il medico, guarda le sue labbra muoversi, ma le sue parole sembrano passarle accanto, come se fossero attutite, ovattate, come se, in fondo, non la riguardassero. Se si trattasse di un parente, sarebbe angosciata, sconvolta, distrutta. Stranamente, invece, nei confronti di se stessa non prova nulla. Ascolta il medico senza credergli sino in fondo, come se le parlasse di qualcun altro, di un perfetto estraneo.

Alla fine del colloquio, lui le chiede se ha domande. Sarah scuote la testa e sorride, con quel sorriso che le è così familiare e che sfoggia in ogni occasione, quel sorriso che significa: non si preoccupi, andrà tutto bene. È un bluff, naturalmente, una maschera dietro cui accumula tutti i suoi dispiaceri, i suoi dubbi, le sue paure... in effetti lì dentro c'è una bella confusione. Dall'esterno, comunque, non si vede nulla. Il sorriso di Sarah è liscio, educato, perfetto.

Non gli chiede quante probabilità abbia, si rifiuta di ridurre il suo futuro a una statistica. Alcuni vogliono saperlo, ma lei no. Non permetterà che i numeri s'intromettano nella sua vita, nel suo immaginario, o rischierebbero di proliferare, di espandersi come il tumore, di compromettere il suo stato d'animo, la sua fiducia, la sua guarigione.

Dentro il taxi che la riporta allo studio, Sarah fa il punto della situazione. È una guerriera, e si batterà con tutte le sue forze. Sarah Cohen affronterà questa faccenda come ha affrontato tutte le altre cose. Lei che non ha mai perso una causa (o quasi), non si lascerà certo spaventare da un mandarino, nemmeno dal più diabolico e maligno. Nella causa Sarah Cohen *versus* M, perché questo sarà il suo nome in codice d'ora in poi, ci saranno offensive e controffensive, e probabilmente anche colpi bassi. La controparte le darà del filo da torcere, Sarah lo sa, il mandarino è un avversario infido, è di sicuro il più scaltro che abbia mai affrontato. Sarà un procedimento lungo, estenuante, una guerra di logoramento, in cui si alterneranno momenti di speranza e d'incertezza e altri in cui forse le sembrerà di essere stata sconfitta. Dovrà resistere, costi quel che costi. Le battaglie di questo tipo si vincono tenendo duro, e Sarah lo sa bene.

Come quando prepara una causa, Sarah abbozza a grandi linee la sua strategia nei confronti della malattia. Non dirà niente a nessuno. *Nes-su-no.* In ufficio non si deve sapere. Per i colleghi, la notizia avrebbe l'effetto di una bomba, per non parlare dei clienti. Si preoccuperebbero inutilmente. Sarah è uno dei pilastri dello studio, un elemento fondamentale, deve mostrarsi solida, o l'intero edificio rischia d'incrinarsi. E poi non sa che farsene della pietà degli altri, della loro compassione. È vero, è malata, ma ciò non significa che la sua vita debba cambiare. Se non vuole destare sospetti, dovrà organizzarsi alla perfezione, inventare codici segreti per segnare in agenda le visite in ospedale, trovare una giustificazione alle sue assenze. Dovrà essere ingegnosa, metodica, astuta. Come la protagonista di un romanzo di spionaggio, Sarah condurrà una guerra sotterranea. Un po' come se dovesse nascondere una relazione extraconiugale, farà in modo di mantenere il più assoluto riserbo sulla sua malattia. Sa come suddividere in scomparti la sua vita, ha anni di allenamento alle spalle. Aggiungerà altri mattoni al suo muro, in alto, sempre più in alto. In fondo è riuscita a dissimulare le sue gravidanze, nascondere il cancro non sarà certo un problema. Sarà il suo bambino segreto, il suo figlio illegittimo, di cui nessuno sospetterà mai l'esistenza. Inconfessabile e perfettamente invisibile.

Arrivata allo studio, Sarah si rimette subito al lavoro. Senza farsi notare, tiene d'occhio le reazioni dei colleghi, i loro sguardi, il tono delle loro voci. Constata con sollievo che nessuno si è accorto di nulla. No, non ha la parola «cancro» incisa sulla fronte, non possono vedere che è malata.

Dentro di sé è a pezzi, ma questo nessuno lo sa.

Smita

Villaggio di Badlapur, Uttar Pradesh, India

Andare via.

È questa l'idea che si è fatta strada in Smita, come un ordine venuto dal cielo. Devono lasciare il villaggio.

Lalita non tornerà a scuola. Il maestro l'ha picchiata perché si è rifiutata di pulire il pavimento della classe davanti ai suoi compagni. In futuro, quei bambini diventeranno coltivatori e Lalita dovrà svuotare le loro latrine. E questo Smita non può accettarlo. Non lo permetterà. Una volta, un medico conosciuto in un ambulatorio del villaggio vicino le aveva citato una frase di Gandhi: «Nessuno deve toccare con le proprie mani gli escrementi umani». Pare che il Mahatma avesse dichiarato illegale lo status d'intoccabile, perché contrario ai principi della Costituzione e ai diritti dell'uomo, ma da allora non è cambiato nulla. La maggior parte dei *dalit* accetta il proprio destino senza protestare. Alcuni si convertono al buddismo per sfuggire al sistema delle caste, come Babasaheb, il maestro spirituale dei *dalit*. Smita ha sentito parlare delle grandi cerimonie collettive in cui migliaia di persone abbracciano un'altra religione. Sono state persino promulgate delle leggi anticonversione, per contrastare questi movimenti che indeboliscono il potere delle autorità: ora, per convertirsi bisogna ottenere un'autorizzazione o si rischia di finire davanti a un tribunale. Un paradosso non privo d'ironia: tanto varrebbe chiedere al proprio carceriere il permesso di evadere.

Comunque Smita non se la sente di fare quella scelta. È troppo legata alle divinità dei suoi genitori. In particolare, crede nella protezione di Viṣṇu. È a lui che rivolge le sue preghiere fin da quand'era bambina, ogni mattina e ogni sera. È a lui che confida i suoi sogni, i suoi dubbi e le sue speranze.

Abbandonarlo sarebbe un dolore troppo grande, l'assenza del dio lascerebbe un vuoto dentro di lei, un vuoto che niente potrebbe colmare. Si sentirebbe più sola di quando sono morti i suoi genitori. In compenso, non è affatto legata al villaggio che l'ha vista crescere. Quella terra sudicia che è costretta a pulire, giorno dopo giorno, all'infinito, non le ha mai dato nulla, tranne i ratti famelici che Nagarajan porta a casa la sera, come un triste trofeo.

Andare via, fuggire da questo posto. È l'unica soluzione.

Al mattino, Smita sveglia Nagarajan. Suo marito ha dormito profondamente; lei, invece, non ha chiuso occhio. Invidia il suo sonno sereno: di notte è come un lago quieto, nessun gorgo ne increspa la superficie, mentre lei si agita per ore e ore. L'oscurità, ben lungi dal placare i suoi tormenti, li rifrange, moltiplicandoli in un'infinità di echi tremendi. Al buio, tutto le appare drammatico, definitivo. Smita prega perché quel turbine di pensieri che non le dà pace si fermi. A volte, passa intere notti con gli occhi sbarrati. Gli uomini non sono uguali davanti al sonno, pensa Smita. Non sono uguali davanti a niente.

Nagarajan si sveglia con un lamento. Smita lo tira giù dal suo giaciglio. Ha deciso: devono lasciare il villaggio. Loro due non hanno più nulla da chiedere alla vita, a questa vita che li ha privati di tutto. Ma per Lalita non è troppo tardi, la sua vita è solo all'inizio. Lei ha tutto, tranne ciò che gli altri le porteranno via. E Smita non ha intenzione di stare a guardare.

Mia moglie sta farneticando, avrà di nuovo dormito male, pensa Nagarajan. Ma Smita insiste: devono trasferirsi in città. Ha sentito dire che laggiù nelle scuole e nelle università ci sono posti riservati ai *dalit*. Alla gente come loro. Laggiù, Lalita avrà un'opportunità. Nagarajan scuote la testa, la città è un'illusione, un miraggio. Una volta lì, i *dalit* si ritrovano senza un tetto, a vivere su un marciapiede o in una delle bidonville che proliferano ai margini delle grandi metropoli, come verruche su un piede. Qui almeno hanno un tetto e qualcosa da mangiare. Smita s'infervora: mangiano carne di ratto e raccolgono merda. Laggiù invece troveranno un lavoro, potranno vivere con dignità. Si sente pronta ad affrontare la sfida, è coraggiosa, determinata, accetterà qualunque lavoro le proporranno, qualunque cosa pur di lasciarsi alle spalle questa vita. Lo supplica. Per lei. Per loro. Per Lalita.

Nagarajan ora è perfettamente sveglio. È impazzita?! Crede forse di poter disporre liberamente della propria vita? Le ricorda quell'episodio tremendo che aveva scosso il villaggio qualche tempo prima. La figlia di uno dei loro vicini, anche lei una *dalit*, aveva deciso di andare in città per studiare. I *jat* l'avevano catturata mentre cercava di fuggire attraverso la campagna. L'avevano trascinata in un campo isolato e lì l'avevano violentata, in otto, per due giorni consecutivi. Quand'era rientrata a casa, la poveretta riusciva a malapena a camminare. I genitori della ragazza avevano denunciato l'accaduto al Panchayat, il consiglio del villaggio, l'organismo che detta legge da queste parti, e che naturalmente è controllato dai *jat*. Al suo interno, non siede né una donna né un *dalit*, come invece dovrebbe accadere. Ogni decisione del consiglio è legge, anche se è in contrasto con la Costituzione indiana. Nessuno ha mai messo in discussione quella giustizia parallela. Il consiglio aveva offerto qualche soldo alla famiglia come risarcimento, a patto che ritirassero la denuncia, ma la ragazza aveva rifiutato quel denaro vergognoso. Il padre aveva cercato di sostenere la figlia, ma alla fine si era piegato alle pressioni della comunità e si era suicidato, lasciando la famiglia senza risorse e condannando la moglie alla terribile condizione di vedova. Lei e i suoi figli erano stati cacciati dal villaggio e costretti ad abbandonare la loro casa. Erano finiti nella miseria più nera, in mezzo alla strada, a vivere in un fosso.

Smita conosce bene quella storia, non serve che gliela ricordi. Sa perfettamente che qui, nel suo Paese, le vittime di stupro sono considerate colpevoli. Non c'è nessun rispetto per le donne, men che meno se si tratta d'intoccabili. Quelle creature che non bisogna toccare, neppure guardare, vengono tuttavia violentate senza pudore. Per punire un uomo che ha contratto debiti, si violenta sua moglie. Per punire un uomo che ha una relazione con una donna sposata, si violentano le sue sorelle. Lo stupro è un'arma potente, un'arma di distruzione di massa. Qualcuno parla di un'epidemia. Di recente, ha fatto molto discutere la decisione del consiglio di un villaggio qui vicino: due ragazze sono state condannate a essere denudate e violentate sulla pubblica piazza per punire il crimine commesso dal loro fratello, fuggito assieme a una donna sposata appartenente a una casta superiore. La sentenza è stata eseguita.

Nagarajan cerca di far ragionare Smita: fuggire significa esporsi a rappresaglie terribili. Faranno del male anche a Lalita. La vita di una bambina non vale più della sua. Le violenteranno tutt'e due e poi le impiccheranno a un albero, com'è accaduto il mese scorso a due giovani *dalit* di un villaggio vicino. Smita conosce quella cifra spaventosa, che fa venire i brividi: due milioni, il numero delle donne ammazzate ogni anno in India. Due milioni di vittime della barbarie degli uomini, uccise nell'indifferenza generale. Al mondo non interessa. Il mondo le ha abbandonate.

Pensa di poter fare qualcosa di fronte a questa violenza, a questa valanga di odio? Pensa di poterla evitare, di essere più forte degli altri?

Nessuno di quei terrificanti argomenti riesce a piegare la determinazione di Smita. Partiranno di notte, di nascosto. Andranno a Varanasi, la città sacra, che dista cento chilometri, da lì prenderanno un treno e attraverseranno tutto il Paese, fino a Chennai: laggiù vivono alcuni cugini di sua madre, loro li aiuteranno. La città sorge in riva al mare, e pare che un uomo abbia fondato una comunità di pescatori per gli *scavenger*, per quelli come lei. Ci sono anche delle scuole per i bambini *dalit*. Lalita imparerà a leggere e a scrivere. Troveranno un lavoro. Non saranno più costretti a mangiare carne di ratto.

Nagarajan guarda sua moglie, incredulo: con quali soldi pensa di pagare il viaggio? I biglietti del treno costano più di tutti i loro averi messi assieme. I pochi risparmi che avevano li hanno dati al brahmano perché accettasse Lalita a scuola, non resta più niente. Smita abbassa la voce; è sfinita dalle notti insonni ma, stranamente, sembra più forte che mai, qui nel buio della baracca. Devono riprendersi i loro soldi, sussurra. Lei sa dove sono. Una volta, ha visto la moglie del brahmano nascondere il denaro in cucina, mentre entrava in casa loro per svuotare le latrine. Smita ci va tutti i giorni, le basterebbe un secondo per... Nagarajan sbotta: quale *asura** si è impossessato di lei?! Quel progetto scia-

* Essere demoniaco della mitologia indiana. (*N.d.A.*)

gurato farà fare una brutta fine a lei e a tutti loro! Preferisce passare il resto della vita a cacciare ratti, col rischio di prendersi la rabbia, piuttosto che assecondarla nei suoi piani assurdi! Se la beccano, finiranno tutti e tre ammazzati, e nel peggiore dei modi. No, è troppo rischioso, il gioco non vale la candela. Per loro non c'è speranza, né a Chennai né in nessun altro posto. La speranza non appartiene a questa vita, ma alla prossima. Se si comporteranno bene, forse il ciclo delle reincarnazioni sarà clemente con loro... In segreto, Nagarajan spera di reincarnarsi in un topo; non in uno dei ratti irsuti e affamati che caccia a mani nude nei campi e arrostisce la sera, ma in uno dei topi sacri del tempio di Deshnok, vicino al confine col Pakistan, dove l'aveva portato suo padre quand'era bambino: nel tempio, ne vivono più di ventimila. I topi, venerati come divinità, sono protetti e nutriti dalla popolazione, che offre loro del latte. Un sacerdote è incaricato di prendersi cura di loro; la gente accorre da tutto il Paese per portare loro le offerte. Nagarajan ripensa alla storia della dea Karni Mata, che gli aveva raccontato suo padre: la dea aveva perso un figlio e aveva pregato perché le fosse restituito, ma lui si era reincarnato in un topo. Il tempio era stato edificato in onore di quel figlio perduto. A forza di passare le giornate a cacciarli, i ratti, alla fine, sono diventati una presenza familiare per Nagarajan; ha cominciato persino a stimarli, come un giustiziere che prova rispetto per il bandito che insegue da una vita. In fondo, pensa, quelle creature non sono molto diverse da lui: hanno fame e cercano di sopravvivere. Sì, sarebbe bello reincarnarsi in uno dei topi del tempio di Deshnok e passare la vita a bere latte. Ogni tanto, dopo una giornata di duro lavoro, si lascia cullare da questa speranza, prima di addormentarsi. E, anche se è una ninnananna un po' strana, non gl'importa, perché è la sua.

Smita non ha nessuna intenzione di aspettare la prossima vita, lei vuole questa e la vuole adesso, per se stessa e per Lalita. Gli rammenta la storia di quella *dalit*, Kumari Mayawati, che è arrivata ai vertici dello Stato e oggi è la donna più ricca del Paese. Un'intoccabile diventata governatore! Ha sentito dire che ora va in giro in elicottero. Lei non ha chinato la testa, non ha aspettato che la morte venisse a liberarla; ha combattuto, per se stessa e per tutti loro. Nagarajan s'infuria: Smita sa perfettamente che non è servito a niente, che, dopo aver fatto carriera perorando la causa dei *dalit*, quella donna si è dimenticata di loro. Li ha abbandonati. Lei scorrazza nei cieli mentre loro strisciano nella merda, ecco la verità! Nessuno verrà a salvarli da questa vita, da questo *karma*, né Mayawati né nessun altro, soltanto la morte potrà liberarli. Nel frattempo resteranno qui, nel villaggio in cui sono nati e vissuti.

Le sue parole si abbattono come un colpo di machete. Nagarajan esce dalla baracca.

E va bene, pensa Smita. Se non vuoi venire, partirò senza di te.

Giulia

Palermo

Ora ha una voce e un sangue
ogni cosa che vive.
Ora la terra e il cielo
sono un brivido forte,
la speranza li torce,
li sconvolge il mattino,
li sommerge il tuo passo,
*il tuo fiato d'aurora.**

Kamal e Giulia adesso si vedono tutti i giorni. S'incontrano in biblioteca all'ora di pranzo e poi vanno a passeggiare in riva al mare. Giulia è affascinata da quest'uomo così diverso dagli altri:

* Cesare Pavese, *You, wind of March*, in *Verrà la morte e avrà i tuoi occhi*, Einaudi, Torino, 2006. (*N.d.T.*)

non ha né l'aspetto né i modi di fare dei siciliani, e forse è proprio questo a piacerle. Gli uomini della sua famiglia sono autoritari, loquaci, irascibili e testardi. Kamal è l'esatto contrario.

Non sa mai se lo rivedrà. Ogni giorno, entrando nella sala di lettura, lo cerca con lo sguardo. A volte c'è. Altre volte non si presenta, e questa squisita incertezza non fa che infiammare la sua curiosità. Di notte, uno strano formicolio nella pancia le impedisce di dormire, una sensazione sconosciuta e deliziosa. Giulia passa il tempo a rileggere le poesie di Pavese, sente che soltanto quei versi riescono a placare il vuoto lasciato dalla sua lontananza.

Succede un giorno, all'ora di pranzo, durante una delle loro passeggiate. Giulia lo porta un po' più lontano del solito, su una spiaggetta nascosta e non frequentata dai turisti. Vuole mostrargli il posto in cui si rifugia ogni tanto per leggere. È una grotta che non conosce nessuno, gli dice. O almeno così vuole credere.

La caletta è deserta a quest'ora. La grotta è tranquilla, umida e scura, al riparo dal mondo. Senza dire una parola, Giulia si spoglia. Il suo vestito leggero scivola a terra, alle caviglie. Kamal rimane immobile, paralizzato come davanti a un fiore che si esita a cogliere per timore di sciuparlo. Giulia gli tende la mano, con un gesto che è più di un incoraggiamento: è un invito. Lentamente, lui si scioglie il turbante, rimuove il pettine che imprigiona i capelli. La chioma si srotola come una matassa, fino alla vita. Giulia è scossa da un tremito. Non ha mai visto un uomo coi capelli così lunghi. Qui, sono le donne a portarli così. Eppure Kamal non ha niente di femminile. Coi suoi capelli neri come la pece, Giulia lo trova straordinariamente virile. Kamal la bacia, con infinita dolcezza, come se baciasse i piedi di un idolo, quasi timoroso di sfiorarla.

Giulia non ha mai provato nulla di simile. Kamal fa l'amore come se pregasse, con gli occhi chiusi, come se ne andasse della sua vita. Ha le mani consumate dalle notti di lavoro, ma il suo corpo è liscio, morbido, come setole di un pennello che la fanno fremere al solo contatto.

Dopo aver fatto l'amore, rimangono abbracciati a lungo. Al laboratorio, le donne ridono degli uomini che si addormentano subito dopo l'amplesso, ma Kamal non è uno di loro. La stringe forte a sé come fosse un tesoro da cui non vuole separarsi. Giulia resterebbe così per ore, i loro corpi caldi avvinti, la pelle chiara di lei su quella scura e vellutata di lui.

Prendono l'abitudine d'incontrarsi lì, in quella grotta vicino al mare. Poiché Kamal di notte è impegnato alla cooperativa e Giulia di giorno al laboratorio, si vedono all'ora di pranzo. Fanno l'amore nel meriggio, e i loro abbracci hanno il sapore dei momenti rubati. A quell'ora, la Sicilia intera è al lavoro, indaffarata negli uffici, nelle banche o nei mercati, ma loro no. Quei momenti appartengono soltanto a loro, usano e abusano di ogni istante che gli è concesso, contando ogni singolo neo, ogni più piccola cicatrice, assaggiando ogni lembo di pelle. Fare l'amore di giorno non è come farlo di notte. C'è qualcosa di sfrontato, di stranamente brutale in un corpo denudato in piena luce.

I loro incontri fugaci le ricordano i danzatori di tarantella che vedeva da piccola nei balli estivi:

congiungersi, toccarsi, allontanarsi, è questo il ritmo della loro danza, scandita dagli andirivieni dal lavoro, di giorno, di notte. Un gioco d'incastri frustrante e romantico al tempo stesso.

Kamal è un uomo misterioso. Giulia non sa niente di lui, o quasi. Non parla mai della sua vita precedente, la vita che ha dovuto abbandonare per venire qui. Di fronte allo spettacolo del mare, a volte, lo sguardo di lui si smarrisce. In quei momenti, la malinconia riappare e lo avvolge nel suo triste manto. Per Giulia invece l'acqua è vita, è una fonte di piacere che non si esaurisce mai, una forma di sensualità. Le piace nuotare, sentire l'acqua che le accarezza il corpo. Un giorno, lei cerca di convincerlo a buttarsi, ma lui si rifiuta. Il mare è un cimitero, le dice, e Giulia non ha il coraggio di fare altre domande. Non conosce il suo passato, non sa che cosa gli abbiano portato via i flutti. Un giorno, forse, lui glielo racconterà. O forse no.

Quando sono assieme, non parlano né del futuro né del passato. Giulia non pretende niente da lui, soltanto quelle ore rubate al pomeriggio. Conta solo il presente, solo quel momento in cui i loro corpi si uniscono fino a diventare uno solo, come pezzi di un puzzle che s'incastrano l'uno nell'altro, perfettamente.

Se da un lato Kamal non dice mai nulla di sé, dall'altro parla volentieri del suo Paese. Giulia passerebbe ore ad ascoltarlo. È come un libro aperto su un territorio deliziosamente sconosciuto. Chiude gli occhi e le sembra d'imbarcarsi su una nave di cui è l'unica passeggera. Kamal le racconta delle montagne del Kashmir, delle sponde del fiume Jhelum, del lago Dal e dei suoi hotel galleggianti, delle chiome rosse degli alberi in autunno, dei giardini lussureggianti, delle infinite distese di tulipani alle pendici dell'Himalaya. Giulia lo incoraggia, vuole saperne di più. Racconta, gli dice, raccontami ancora. Kamal le parla della sua religione, dei suoi valori, del *Rehat Maryada*, il codice di comportamento dei sikh, che vieta loro di tagliarsi i capelli e la barba, di bere, di fumare, di mangiare carne e di giocare d'azzardo. Le parla del suo dio, che prescrive una vita integra e pura, un dio unico e creatore che non è né cristiano, né indù, né di nessun'altra confessione, ma che è semplicemente UNO. I sikh credono che tutte le religioni possano avvicinare l'uomo a dio, e che perciò siano tutte ugualmente degne di rispetto. Giulia è affascinata da quella fede senza peccato originale, senza paradiso e senza inferno: due concetti che appartengono soltanto a questo mondo, le dice Kamal, e Giulia pensa che è proprio vero.

Per la religione sikh, le spiega lui, la donna ha la stessa anima dell'uomo. Entrambi i sessi sono trattati ugualmente. Le donne possono recitare gli inni sacri al tempio e officiare qualunque cerimonia, per esempio quella del battesimo. La donna deve essere rispettata e onorata per il suo ruolo all'interno della famiglia e della società. Un sikh deve trattare la moglie di un altro come una madre o una sorella, e la figlia di un altro come la sua. A dimostrazione di questa parità, i nomi sikh non sono né maschili né femminili, ma misti. Soltanto il secondo nome distingue i due sessi: *Singh*, « Leone », per gli uomini, e *Kaur*, « Principessa », per le donne.

Principessa.

A Giulia piace che Kamal la chiami così. È sempre più difficile separarsi da lui per tornare al lavoro. Sarebbe bellissimo poter passare tutto il giorno assieme. Tutto il giorno, e anche la notte. Sente che potrebbe restare qui per tutta la vita, a fare l'amore e ad ascoltarlo.

Ma Giulia sa di non avere il diritto di essere qui. La pelle di Kamal, il suo dio sono diversi da quelli dei Lanfredi. Già s'immagina la reazione di sua madre: un uomo con la pelle scura, e che non è nemmeno cristiano! Che vergogna! La notizia farebbe immediatamente il giro del quartiere.

E allora Giulia ama Kamal di nascosto. Il loro è un amore segreto. Un amore clandestino.

Giulia rientra al laboratorio ogni giorno più tardi, dopo la pausa pranzo. La Nonna comincia a sospettare qualcosa. Si è accorta del sorrisino sulle sue labbra, del bagliore che le illumina gli occhi. La giovane sostiene di andare in biblioteca ogni giorno, ma quando rientra ha il fiato corto e le guance in fiamme. Una volta, alla Nonna sembra di vedere dei granelli di sabbia tra i suoi capelli, sotto il foulard... Le operaie hanno iniziato a spettegolare: avrà un innamorato? Chissà chi è! Un ragazzo del quartiere, magari? Sarà più giovane? Più vecchio? Giulia nega, con un'insistenza che è quasi una confessione.

Povero Gino, gli si spezzerà il cuore! pensa Alda. Tutte sanno che Gino Battagliola, il proprietario del parrucchiere qui vicino, è pazzo di lei. Sono anni che le fa il filo. Ogni settimana si presenta al laboratorio per vendere le ciocche di capelli raccolte nel suo salone; spesso passa senza una ragione precisa, solo per salutare. Le operaie si divertono, ridono dei regali che porta a Giulia. Lei è irremovibile, ma Gino non si lascia scoraggiare e ogni volta torna, speranzoso, con le braccia cariche di buccellati ai fichi che le operaie divorano con gusto.

Ogni sera, dopo aver chiuso il laboratorio, Giulia si reca al capezzale del padre per leggergli un libro. In certi momenti le dispiace di sentirsi così viva in mezzo a quella tragedia. Mentre il padre lotta per sopravvivere, il suo corpo esulta, freme, scosso da un piacere mai provato prima. Eppure, Giulia sente di non poterne fare a meno, di averne bisogno per andare avanti, per non arrendersi alla sofferenza e allo sconforto. La pelle di Kamal è un balsamo, un unguento, un rimedio contro tutto il dolore del mondo. Vorrebbe non essere altro che un corpo abbandonato al piacere, perché è il piacere a tenerla in piedi, a tenerla in vita. È combattuta tra sentimenti opposti ed estremi, tra desolazione ed euforia. Come un'acrobata sul filo, le sembra di oscillare in balia dei venti. Così vanno le cose, pensa Giulia, a volte la vita unisce i momenti più bui a quelli più luminosi. Con una mano dà e con l'altra toglie.

Oggi la mamma le ha affidato un incarico: andare a cercare un foglio nell'ufficio di suo padre, al laboratorio. In ospedale insistono per avere un documento che non riesce a trovare. Dio mio, ma perché è sempre tutto così complicato? si lamenta. Giulia non se la sente di dirle di no, benché non abbia nessuna voglia di tornare in quella stanza. Dopo l'incidente, non ci ha più messo piede. Nessuno deve toccare le cose del papà. Quando lui uscirà dal coma, Giulia vuole che trovi tutto come l'ha lasciato. In questo modo saprà che tutti lo hanno aspettato.

Giulia spinge la porta della vecchia cabina di proiezione trasformata in ufficio. Ci mette un po' a decidersi a entrare. Sulla parete è appesa una cornice con la foto di Pietro, accanto a quelle di suo padre e di suo nonno, le tre generazioni di Lanfredi che si sono succedute alla guida del laboratorio. Poco più in là ci sono altre foto, attaccate con una puntina: Francesca appena nata, Giulia sulla Vespa, Adele il giorno della prima comunione, la mamma in abito da sposa, con un sorriso un po' tirato. E poi il papa, non Francesco ma Giovanni Paolo II, che lui ammirava di più.

La stanza è identica a com'era la mattina dell'incidente. Giulia si sofferma a osservare la sua poltrona, i suoi raccoglitori, il posacenere d'argilla pieno di mozziconi che lei stessa aveva plasmato, da bambina, per regalarglielo. Il suo universo sembra svuotato della propria sostanza e, al tempo stesso, stranamente vivo. Sulla scrivania, l'agenda è aperta su una pagina terribile, quella del 14 luglio. Quella pagina, Giulia non ha la forza di girarla. È come se all'improvviso suo padre fosse qui, in carne e ossa, in questa Moleskine di pelle nera, come se una parte di lui fosse rimasta impigliata tra le righe di questo taccuino, nell'inchiostro di queste parole, giù giù fino alla macchiolina in fondo alla pagina, impressa sulla carta. Giulia ha la sensazione che lui sia qui, in ogni particella d'aria, in ogni atomo dei mobili.

Per un attimo, è tentata di tornare indietro, di richiudere la porta. E invece non si muove. Ha promesso alla mamma di portarle quel documento. Lentamente, apre il primo cassetto, poi il secondo. Il terzo, quello in basso, è chiuso a chiave. Giulia è stupita. Ha uno strano presentimento. Il papà non ha mai avuto segreti, i Lanfredi non hanno niente da nascondere... Allora perché quel cassetto è chiuso a chiave?

Nella sua testa, le domande iniziano a vorticare. La fantasia galoppa come un cavallo impazzito. E se suo padre avesse un'amante? Una doppia vita? Possibile che la mafia abbia allungato i suoi tentacoli su di lui? No, i Lanfredi non fanno certe cose... Da dove viene allora questo dubbio che l'assale come una premonizione, questa nuvola nera che oscura l'orizzonte?

Dopo una breve ricerca riesce a trovare la chiave, nascosta nel portasigari che gli ha regalato la mamma. Giulia sussulta: con che diritto si trova lì? Non è troppo tardi per andare via...

Con la mano che trema, gira la chiave nella serratura. Il cassetto finalmente si apre: contiene un fascio di documenti. Giulia li raccoglie.

E la terra sotto i suoi piedi viene a mancare.

Sarah

Montréal, Canada

All'inizio, il piano di Sarah ha funzionato.

Ha chiesto due settimane di ferie per l'operazione. In realtà avrebbe dovuto prenderne tre. Il medico aveva insistito, una settimana di degenza in ospedale più due settimane di riposo completo, che lei però ha ridotto a una sola: un'assenza più lunga avrebbe destato sospetti tra i colleghi. Sono due anni che non prende ferie e, come se non bastasse, i bambini non hanno vacanze in questo periodo, a chi verrebbe in mente di chiedere tre settimane a metà novembre, quando le udienze fioccano come la neve che imbianca la città?

Non ha detto niente a nessuno, né in ufficio né a casa. Ha spiegato ai suoi figli che avrebbe dovuto subire *un intervento. Niente di grave,* ha subito aggiunto, perché non si allarmassero. Ha fatto in modo che quella settimana i gemelli andassero a stare da loro padre e Hannah dal suo: la figlia ha fatto storie, ma alla fine ha accettato. Sarah ha precisato che non sarebbero potuti andare a trovarla in ospedale, con la scusa che ai bambini non era permesso entrare. Solo una piccola bugia, si è detta per placare la fitta al cuore. Vuole proteggerli da quell'inferno bianco, da quell'odore pungente - più di ogni altra cosa, è l'odore a disturbarla negli ospedali, quel sentore disgustoso di disinfettante e candeggina -; non vuole che i suoi figli la vedano in quello stato, debole, vulnerabile.

Hannah, in particolare, è troppo sensibile. È come una foglia che trema al minimo soffio di vento. Sarah si è accorta molto presto della sua predisposizione all'empatia. Sua figlia si è sempre fatta carico delle sofferenze del mondo, le vive come se fossero le sue. È una sorta di dono, di sesto senso. Da piccola, si metteva a piangere ogni volta che un bambino si faceva male o veniva rimproverato. Piangeva davanti ai documentari, ai cartoni animati. Sarah a volte si preoccupa: come farà a gestire quella sensibilità esasperata, che la espone alle gioie più grandi e ai dolori più intensi? Vorrebbe dirle: proteggiti, costruisciti una corazza, il mondo è ostile, la vita è crudele, non permettere agli altri di scalfirti, di rovinarti; sii come loro, insensibile, egoista, impassibile.

Sii come me.

Ma sua figlia è un'anima pura. Sarah lo sa, e sa che questa cosa non cambierà mai. Per questo non può dirle la verità. A dodici anni, Hannah capirebbe fin troppo bene le implicazioni della parola « cancro ». E, soprattutto, intuirebbe che la vittoria è tutt'altro che sicura. Sarah non vuole che si faccia carico del peso, dell'angoscia che accompagnano la malattia.

Ovviamente non potrà mentire per sempre. Prima o poi, i suoi figli cominceranno a farle domande. A quel punto dovrà parlare, dar loro delle spiegazioni. Più tardi è, meglio è, pensa Sarah. Forse è solo una scusa per prendere tempo, ma non importa: è l'unico modo che ha di affrontare la situazione.

Non l'ha detto neppure a suo padre né a suo fratello. Vent'anni fa, sua madre è morta della stessa malattia. Non vuole imporgli un'altra volta quel percorso a ostacoli, quelle montagne russe emotive fatte di speranze, delusioni, remissioni e recidive: sa fin troppo bene che cosa significhino queste parole. No, la sua sarà una lotta solitaria e silenziosa. Sarah è convinta di essere abbastanza forte.

In ufficio, nessuno si è accorto di nulla. Soltanto Inès ha notato una leggera stanchezza. La trovo un po' pallida, le ha detto quand'è rientrata dalle ferie. Per fortuna è inverno e i corpi sono coperti, nascosti sotto camicie, maglioni, cappotti. Sarah ha messo a punto qualche stratagemma: niente scollature, un velo di fondotinta in più e il gioco è fatto. Ha elaborato un ingegnoso linguaggio segreto per l'agenda: c'è un codice per le sedute in ospedale (*Incontro con H.*), uno per gli esami, i prelievi e le radiografie, che piazza sempre tra mezzogiorno e le due (*Pranzo con R.*), e così via. I colleghi finiranno per pensare che abbia un amante. In realtà, l'idea non le dispiace affatto. A volte, immagina d'incontrarsi davvero con un uomo, a pranzo... Un tipo solitario, una città in riva al mare... Sarebbe così romantico... Ma le sue fantasie non vanno oltre, la riportano inesorabilmente all'ospedale, alle terapie, alle analisi. Tra i giovani associati iniziano a correre delle voci: oggi è uscita di nuovo... ieri è stata fuori per quasi tutto il pomeriggio... sì, ha staccato il cellulare... Possibile che Sarah Cohen abbia una vita, fuori da questo studio? Chi è la persona con cui s'incontra a pranzo, al mattino, a volte anche al pomeriggio? Sarà un collega? Un socio? Inès sospetta sia un uomo sposato, un altro suggerisce che potrebbe trattarsi di una donna. Perché tutte quelle precauzioni, altrimenti? Sarah, imperturbabile, continua a recarsi ai suoi misteriosi appuntamenti. Il suo piano sembra funzionare alla perfezione.

Per il momento, almeno.

Sarà un dettaglio a rovinare tutto; come nei casi di omicidio, è spesso un dettaglio a incastrare l'assassino. La madre di Inès è malata. Sarah avrebbe dovuto saperlo. Riflettendoci, la notizia le era stata comunicata, parecchio tempo fa, per la precisione l'anno scorso. Lei si era detta molto dispiaciuta e poi non ci aveva più pensato, l'informazione era sparita, fagocitata nel limbo della sua mente troppo impegnata. Del resto come biasimarla, ha così tante cose cui pensare. Se solo avesse trovato il tempo di fermarsi alla macchinetta del caffè, di attardarsi qualche minuto in corridoio, di sedersi a un tavolo a pranzare - cosa che non fa mai -, qualcuno glielo avrebbe ricordato. Ma lei è fatta così, i suoi rapporti con gli altri si sono sempre limitati allo stretto necessario, alle questioni di lavoro. Non è disprezzo, né una forma di ostilità, è semplicemente mancanza di tempo, di disponibilità. Sarah non parla mai della sua vita privata e non s'immischia in quella degli altri. In un altro contesto, in un'altra vita, avrebbe potuto instaurare dei legami coi colleghi, persino coltivare qualche amicizia. Ma in questa vita c'è spazio soltanto per il lavoro. Coi suoi collaboratori Sarah è cortese, mai affettuosa.

Inès è la sua fotocopia. Non si confida, non le parla mai della sua vita. È una dote che Sarah apprezza molto. Guardandola, le sembra di rivedere se stessa da giovane. È stata lei a selezionarla nel corso dei colloqui per assumere nuovi associati. Inès si è subito rivelata precisa, scrupolosa e straordinariamente efficiente. È la più brillante del suo gruppo. Farà molta strada, le ha detto Sarah una volta, *se farà tutto ciò che è necessario.*

Quindi come poteva sapere che, esattamente quel giorno, Inès avrebbe accompagnato sua madre in ospedale per fare delle analisi?

Sull'agenda, Sarah ha annotato: *Incontro con H.* Quell'H. non nasconde il nome del suo amante, non sta per Henri del reparto contabilità, e neppure per Herbert, il collega giovane e carino dell'ufficio di fianco, che somiglia tanto a quel famoso attore americano. No, quell'H. indica semplicemente il dottor Haddad, l'oncologo di Sarah, che, purtroppo, non ha nulla di hollywoodiano.

Quando Inès, la settimana precedente, le ha chiesto eccezionalmente un giorno libero, Sarah ha acconsentito. Ha preso mentalmente nota dell'informazione e poi l'ha dimenticata. Da un po' di tempo tende a scordarsi le cose, è senz'altro colpa della stanchezza.

Tra un istante, le due donne s'incontreranno nella sala d'attesa del reparto di oncologia dell'ospedale. Sui loro volti si disegnerà la stessa espressione stupita. Sarah rimarrà senza fiato. Per darsi un contegno, Inès le presenterà sua madre.

Questa è Sarah Cohen, il mio capo.
Molto lieta, Madame.

Sarah si mostrerà cortese, non lascerà trasparire il suo turbamento. Inès non impiegherà molto a capire che cosa ci faccia qui Sarah, a metà pomeriggio di un giorno feriale, in un corridoio del reparto di oncologia, con delle radiografie sottobraccio. Nel giro di un istante, crollerà tutto: la relazione clandestina, l'uomo sposato, i pranzi misteriosi, gli appuntamenti segreti, gli aperitivi galanti. Sarah verrà smascherata.

Nel tentativo un po' vano di salvare la faccia, finge di aver sbagliato stanza, di essere venuta a trovare un'amica... Sa che Inès non ci cascherà, che ben presto ricostruirà il puzzle: la sua assenza di due settimane il mese scorso, che aveva sorpreso tutti, gli appuntamenti extralavorativi, e poi il pallore, la magrezza, il malore in tribunale, tutti indizi che pian piano prendono consistenza, acquisiscono la forza di prove materiali.

Sarah vorrebbe sparire, dissolversi, volare via come uno di quei supereroi dai poteri straordinari per cui i gemelli vanno matti. Ma è troppo tardi.

All'improvviso si sente stupida a tremare in quel modo di fronte a un'assistente, come se fosse stata colta in fallo. Avere il cancro non è un reato. Non è tenuta a giustificarsi di fronte a Inès, non le deve nulla, né a lei né a nessun altro.

Ansiosa di spezzare il silenzio imbarazzante che è calato, Sarah si congeda dalle due donne e si allontana col passo più sicuro di cui è capace. Mentre si dirige verso il taxi, una domanda la tormenta: che cosa farà Inès di quell'informazione? La divulgherà? Sarah vorrebbe tornare indietro, inseguirla attraverso i corridoi dell'ospedale, supplicarla di non dire nulla. E invece resiste. Farlo significherebbe ammettere di essere vulnerabile, concederle un potere enorme su di lei, sulla sua vita.

Decide di adottare una strategia diversa: domani, quando arriverà al lavoro, convocherà Inès nel suo ufficio e le proporrà di affiancarla nel processo Bilgouvar, il caso più scottante del momento, nonché il cliente più importante dello studio. Una promozione, un'offerta inaspettata che la giovane non potrà rifiutare. La farà sentire lusingata, in debito verso di lei. Anzi, meglio: la farà sentire legata. Un modo ingegnoso di comprare il suo silenzio, di assicurarsi la sua lealtà, pensa Sarah. Inès è ambiziosa, sicuramente capirà che le conviene non parlare, non attirarsi le ire del suo capo.

Sarah lascia l'ospedale, rassicurata dal piano appena elaborato. È un piano quasi perfetto.

Ha tralasciato solo una cosa, una cosa che in tanti anni di lavoro dovrebbe avere imparato: quando si nuota tra gli squali, è meglio non sanguinare.

La mia creazione avanza, lentamente
come un bosco che cresce silenziosamente.
Il mio è un compito che richiede impegno,
nulla deve turbare il mio disegno.

Eppure non mi sento mai sola
chiusa nel laboratorio a lavorare.

A volte abbandono le dita al loro strano balletto,
e penso a tutte le vite che non vivrò,
a tutti i viaggi che non farò,
a tutti i volti che mai incontrerò.

Della catena sono solo un anello,
un anello da nulla, ma non ha importanza,
la mia vita è tutta qui, in questa stanza,
in questi tre fili tesi davanti a me,
in questi capelli che s'intrecciano in una danza
sulla punta delle mie dita.

Smita

Villaggio di Badlapur, Uttar Pradesh, India

Nagarajan si è addormentato. Al suo fianco, Smita trattiene il respiro. Nella prima ora, il sonno di suo marito è sempre leggero; sa che deve aspettare se non vuole svegliarlo.

Partirà stanotte, ha deciso. O meglio, è la vita che ha deciso al suo posto. Non avrebbe mai pensato di attuare così presto il suo piano, ma, come un regalo venuto dal cielo, le si è presentata l'occasione ideale: a causa di un doloroso ascesso a un dente, quella mattina la moglie del brahmano si è dovuta assentare per andare dal medico del villaggio. Smita era impegnata a svuotare il buco pestilenziale in cui fanno i loro bisogni, quando l'ha vista allontanarsi da casa. Ha avuto pochi istanti per decidere: un'opportunità del genere non si sarebbe ripresentata mai più. Con cautela, si è introdotta nello stanzino collegato alla cucina e ha sollevato la giara in cui la donna conserva le scorte di riso, la giara sotto cui ripone i risparmi di famiglia. Non sto rubando, mi sto solo riprendendo ciò che è mio, è una giusta compensazione, ha pensato Smita. Ha prelevato la somma esatta che aveva consegnato al brahmano, non una rupia di più. L'idea di sottrarre anche solo un centesimo a qualcuno, fosse anche l'uomo più ricco del pianeta, va contro tutti i suoi principi: se lo facesse, la furia di Viṣṇu sarebbe tremenda. Smita non è una ladra, preferirebbe morire di fame piuttosto che rubare anche solo un uovo.

Ha nascosto il denaro sotto il sari e si è precipitata a casa. Lì, ha raccolto un po' di cose in fretta, lo stretto necessario, meglio viaggiare leggere. Lei e Lalita sono gracili, non devono caricarsi troppo: soltanto un paio di vestiti e qualcosa da mangiare. Ha cucinato al volo un po' di riso e *papadum* – pane sottile e croccante, fatto con la farina di fagioli – per il viaggio, mentre Nagarajan era nei campi. Sa che non le lascerebbe andare via. Non hanno più discusso del suo progetto, ma lei sa che cosa pensa. Smita non ha scelta, deve attendere la notte per attuare il suo piano, pregando che nel frattempo la moglie del brahmano non si accorga di nulla. Dall'istante in cui la donna noterà che le manca del denaro, la sua vita sarà in pericolo.

Smita s'inginocchia davanti al piccolo altare dedicato a Viṣṇu e prega perché il dio le conceda la sua protezione. Gli chiede di vegliare su di lei e su sua figlia nel lungo viaggio che le attende, in quei duemila chilometri che dovranno percorrere a piedi, in autobus, in treno, fino a Chennai. Un viaggio estenuante, pericoloso, dall'esito incerto. Sente una corrente calda che l'attraversa, come se all'improvviso non fosse più sola, come se milioni d'intoccabili fossero lì, inginocchiati davanti a quel piccolo altare, a pregare assieme a lei. Smita allora fa una promessa a Viṣṇu: se riusciranno a fuggire, se la moglie del brahmano non noterà nulla, se i *jat* non le cattureranno, se giungeranno a Varanasi, se riusciranno a salire su un treno e se, alla fine, arriveranno sane e salve a destinazione, allora si recheranno al tempio di Tirupati per rendergli omaggio. Smita ha sentito parlare di quel mitico santuario sul monte Tirumala, a meno di duecento chilometri da Chennai. Dicono che sia il luogo di pellegrinaggio più grande del mondo, che milioni di persone vi si rechino ogni anno per portare le loro offerte a Sri Venkateswara, il Signore delle Sette Colline, una delle incarnazioni più venerate di Viṣṇu. Il suo dio, quel dio che l'ha sempre protetta, non le abbandonerà, ne è sicura. Smita raccoglie la piccola immagine sgualcita davanti alla quale prega ogni giorno – una raffigurazione coloratissima del dio dalle quattro braccia –, se la porta al petto, poi la infila sotto il sari. Con lui accanto, non ha più nulla da temere. È come se all'improvviso un mantello invisibile fosse sceso dal cielo e le avesse circondato le spalle, proteggendola dai pericoli. Ora Smita si sente invincibile.

Il villaggio è immerso nell'oscurità. Il respiro di Nagarajan adesso è regolare, dalle sue narici proviene un ronzio leggero. È un suono mite, per nulla aggressivo; sembra quasi che faccia le fusa, come un cucciolo di tigre accoccolato sul grembo della mamma. Smita prova una fitta al cuore guardando suo marito. Gli ha voluto un bene infinito. In tutti quegli anni passati al suo fianco, si è abituata alla sua presenza rassicurante. Ma non riesce a perdonargli la sua codardia, il fatalismo amaro in cui ha avvolto la loro vita. Avrebbe desiderato tanto partire assieme a lui. Ha smesso di amarlo nell'istante in cui ha rinunciato a combattere. L'amore va e viene, pensa Smita. Certe volte evapora così, all'improvviso, in un battito d'ali.

Mentre scivola fuori dalle coperte, viene colta da una vertigine. Questo viaggio non sarà una pazzia? si chiede. Se fosse più docile, se fosse un po' meno ribelle, se quella maledetta farfalla che ha nello stomaco smettesse finalmente di agitarsi, forse potrebbe rinunciare, accettare il suo destino, come Nagarajan e come i loro fratelli *dalit*. Potrebbe tornare a letto e sprofondare in un torpore senza sogni, aspettando l'alba come si aspetta la morte.

Ma ormai è troppo tardi. Ha preso i soldi sotto la giara del brahmano, non può più tornare indietro. Deve lanciarsi, anima e corpo, in quel viaggio che la condurrà chissà dove, forse lontano o forse da nessuna parte. Non la spaventano la morte e neppure il dolore. Per sé non teme nulla, o quasi; se pensa a Lalita, invece, ha paura di tutto.

Mia figlia è forte, si ripete Smita per calmarsi. Lo sa dal giorno in cui è nata. Mentre l'ostetrico del villaggio la visitava, subito dopo il parto, la neonata l'ha morsicato. L'uomo ha riso: la sua boccuccia senza denti aveva lasciato solo un segno minuscolo sulla sua mano. Si vede che ha carattere, aveva commentato lui. A soli sei anni, quella piccola *dalit* alta come uno sgabello ha avuto la forza di ribellarsi al brahmano. Lo ha guardato negli occhi, davanti a tutta la classe, e gli ha detto di no. Il coraggio non dipende dal rango, pensa Smita, e questo pensiero le dà forza. No, non lascerà che sua figlia finisca nel fango, non permetterà che quel *dharma* maledetto si prenda anche la sua vita.

Si avvicina a sua figlia, che dorme profondamente. Il sonno dei bambini è un miracolo, pensa Smita. Quello di Lalita è così placido che si sente quasi in colpa a interromperlo. Il suo visino è disteso, armonioso, adorabile. Quand'è addormentata sembra ancora più piccola, quasi una neonata. Cosa non darebbe per non doverlo fare, per non dover svegliare sua figlia e fuggire con lei nel cuore della notte. La bimba è all'oscuro dei piani della madre; non sa che ieri sera è stata l'ultima volta che ha visto suo padre. Smita invidia l'innocenza della piccola. È da molto tempo che a lei il sonno non offre più una via di fuga. Le sue notti ormai non sono altro che un abisso senza fondo, fatto d'incubi più neri della melma che raccoglie. Chissà, magari laggiù le cose saranno diverse.

Lalita dorme abbracciata alla sua unica bambola, una piccola Regina dei Banditi con un fazzoletto rosso legato in testa, ricevuta in dono quando ha compiuto cinque anni. La bambola ha le fattezze di Phoolan Devi: Smita le racconta spesso la storia di quella donna di bassa casta costretta a sposarsi a undici anni con un uomo più vecchio e diventata famosa per essersi ribellata al suo destino. Alla guida di una banda di *dacoits* – fuorilegge –, Devi difendeva gli oppressi e attaccava i proprietari terrieri abbienti che violentavano le ragazze delle caste inferiori. Era una vera eroina del popolo. Rubava ai ricchi per dare ai poveri; alcuni la consideravano un avatāra di Durgā, la dea guerriera. Accusata di quarantotto crimini, era stata arrestata, incarcerata e infine liberata ed eletta in Parlamento, prima di essere uccisa in mezzo a una strada da tre uomini a volto coperto. Lalita adora quella bambola, come tutte le bambine di qui. La si trova ovunque nei mercati.

Lalita.
Svegliati.
Dai, vieni!

La piccola si sveglia da un sogno che appartiene soltanto a lei. Con lo sguardo ancora appannato dal sonno, si volta verso la madre.

Fai piano.
Vestiti.
Svelta.

Smita l'aiuta a prepararsi. La bambina ubbidisce, fissandola preoccupata: che cosa le prende? Perché l'ha svegliata in piena notte?

È una sorpresa, bisbiglia Smita.

Non ha il coraggio di dirle che stanno partendo e che non torneranno mai più. È un biglietto senza ritorno, un viaggio di sola andata verso una vita migliore. Smita l'ha giurato a se stessa: hanno chiuso con Badlapur, hanno chiuso con quest'inferno. Lalita non capirebbe, si metterebbe a piangere, forse opporrebbe resistenza. Smita non può correre il rischio che il suo piano fallisca. E allora mente. È una bugia innocente, un modo per abbellire la realtà, pensa per consolarsi.

Prima di partire, rivolge un ultimo sguardo a Nagarajan; la sua tigre dorme placidamente. Accanto a lui, sul suo cuscino vuoto, ha posato un foglietto. Non è una lettera - Smita non sa scrivere -, si è limitata a ricopiare l'indirizzo dei suoi cugini di Chennai. Forse la loro partenza gli darà il coraggio che ora gli manca. Forse troverà la forza di raggiungerle laggiù. Chissà.

Dopo un ultimo sguardo alla baracca, a quella vita che si lascia alle spalle senza rimpianti - o quasi -, Smita prende la mano ghiacciata di sua figlia e comincia a correre verso la campagna avvolta dalle tenebre.

Giulia

Palermo

Giulia si sarebbe aspettata tutto, tranne questo.

Il contenuto del cassetto è lì, davanti a lei, nell'ufficio di suo padre: atti giudiziari, ingiunzioni di pagamento e raccomandate a non finire. La verità la colpisce come uno schiaffo. C'è una parola per riassumerla: fallimento. Il laboratorio è sommerso dai debiti. La ditta Lanfredi è rovinata.

Il papà non ha mai detto niente, non si è confidato con nessuno. Riflettendoci, c'era stata una vòlta – una sola – in cui aveva accennato al fatto che la tradizione della cascatura si stava perdendo. Coi cambiamenti della vita moderna, la gente aveva smesso di conservare i capelli, aveva detto. Era un dato di fatto: nessuno conservava più nulla, le cose vecchie si buttavano per comprarne di nuove. Giulia ricorda bene quella discussione avvenuta attorno a un grande tavolo, in occasione di un pranzo di famiglia: presto, si sarebbero ritrovati a corto di materia prima, aveva rivelato suo padre. Negli anni '60, a Palermo c'erano quindici laboratori che facevano concorrenza ai Lanfredi. Col tempo, avevano chiuso tutti. Suo padre era fiero di essere rimasto l'ultimo. Giulia sapeva che il laboratorio aveva dei problemi, ma mai avrebbe immaginato che fosse sull'orlo del fallimento. L'idea non l'aveva mai nemmeno sfiorata.

Giulia tuttavia deve arrendersi all'evidenza. In base ai conti, hanno davanti un mese di lavoro al massimo. Senza i capelli, le operaie si ritroveranno in cassa integrazione. La ditta non sarà più in grado di pagarle. Dovranno dichiarare fallimento e chiudere il laboratorio.

Al solo pensiero, si sente distrutta. Da decenni, l'intera famiglia vive grazie ai ricavi del laboratorio. Pensa a sua madre, troppo anziana per lavorare, e a Adele che va ancora a scuola. Sua sorella maggiore, Francesca, è casalinga e ha sposato un uomo con le mani bucate, che sperpera il suo stipendio al gioco d'azzardo: spesso è il papà a metterci una pezza, alla fine del mese. Che ne sarà di loro? La casa di famiglia è ipotecata, rischiano di perdere tutto. Quanto alle operaie, resteranno senza lavoro. Il settore è iperspecializzato, in Sicilia non esiste un altro laboratorio così. Chi le assumerà? Che cosa faranno quelle donne che per lei sono come sorelle, quelle donne con cui ha condiviso tanti bei momenti?

Ripensa a suo padre, laggiù in ospedale, in coma. Tutto d'un tratto si sente gelare. Un'immagine tremenda le attraversa la mente: il papà che esce di casa quella mattina, sulla sua Vespa, disperato, con le spalle al muro, che va veloce, sempre più veloce, sulla strada scoscesa... Giulia scaccia quel pensiero funesto. No, impossibile, suo padre non le avrebbe mai lasciate sole, in rovina, non avrebbe mai abbandonato sua moglie, le sue figlie, le sue operaie... Pietro Lanfredi ha un fortissimo senso dell'onore, non si è mai tirato indietro di fronte alle difficoltà. Ma Giulia sa che il suo più grande vanto, il suo orgoglio, l'essenza stessa della sua vita è questo piccolo laboratorio ereditato da suo padre e fondato da suo nonno. Avrebbe sopportato di vedere le operaie perdere il posto, la ditta messa in liquidazione, il lavoro di una vita andare in fumo? È feroce il dubbio che s'insinua in lei in questo istante, come la cancrena su un arto ferito.

La nave sta colando a picco, pensa Giulia. Tutti quanti sono a bordo, lei, la mamma, le sue sorelle, le operaie. Il comandante è fuggito, il naufragio è certo. Non ci sono scialuppe né salvagenti, non hanno nulla cui aggrapparsi.

Le chiacchiere delle colleghe nella grande sala la riscuotono dai suoi pensieri. Come ogni mattina, le donne raggiungono le loro postazioni parlando del più e del meno. Per un secondo, Giulia le invidia. Non sanno ancora che cosa le attende. Richiude il cassetto come fosse una bara, lentamente, e gira la chiave. Non se la sente di dirglielo, e neppure di mentire. Non oggi. Non ha la forza di mettersi al lavoro al loro fianco, come se niente fosse. E allora va a nascondersi lassù, sul tetto, nell'atelier del papà. Si siede di fronte al mare, come faceva lui. Suo padre poteva rimanere ore a contemplarlo. Le diceva che era uno spettacolo di cui non si sarebbe mai stancato.

Ma Giulia ora è sola, e il mare non si cura del suo dolore.

Nella pausa pranzo, raggiunge Kamal nella loro grotta segreta. Non gli confida le sue preoccupazioni. Tutto ciò che vuole è annegare la sua sofferenza nella carne di lui. Giulia e Kamal fanno l'amore e il mondo, per un attimo, le sembra meno crudele. Lui non dice nulla quando la vede piangere. La bacia, e i loro baci hanno un sapore d'acqua salata.

La sera, Giulia torna a casa. Con la scusa di un'emicrania, si chiude in camera sua e si rifugia sotto le lenzuola.

Quella notte, il suo sonno è agitato da strane visioni: il laboratorio di suo padre smantellato, la casa di famiglia svuotata e venduta, sua madre sconvolta, le operaie in mezzo alla strada, le ciocche disperse in mare, un enorme mare di capelli in tempesta... Giulia continua a rigirarsi, vorrebbe pensare ad altro, ma le immagini la perseguitano, implacabili, come un sogno ossessivo di cui non riesce a liberarsi, un disco infernale che le impone la sua musica macabra. L'alba finalmente placa i suoi tormenti. Giulia si alza con la sensazione di non aver dormito, nauseata, con la testa in una morsa. Ha i piedi congelati e le orecchie che fischiano.

Incespica fino al bagno. Una doccia bollente oppure ghiacciata forse potrà svegliarla da quest'incubo, rigenerare il suo corpo sfiancato. Si avvicina alla vasca da bagno. E, di colpo, si ferma.

C'è un ragno sul fondo.

È un ragno minuscolo, col corpo piccolo e con le zampe sottili come merletti. Deve aver risalito le tubature per poi ritrovarsi qui, intrappolato nella bianca immensità di questa superficie smaltata, senza vie di fuga. All'inizio deve aver lottato, provando ad arrampicarsi sulle pareti fredde, ma le sue zampe affusolate continuavano a scivolare, riportandolo sul fondo della vasca. Alla fine, avrà capito che la lotta era inutile, e ora attende immobile il suo destino, un'altra via d'uscita. Sì, ma quale?

Giulia allora si mette a piangere. Non è tanto la vista del ragno nero sullo smalto bianco a sconvolgerla - sebbene quegli insetti le facciano ribrezzo, le suscitino una repulsione istintiva, un panico incontrollato -, quanto la certezza che, come lei, anche lui è imprigionato in una trappola da cui non può uscire, da cui nessuno verrà a salvarlo.

Ha la tentazione di tornare a letto, di nascondersi sotto le lenzuola e non uscirne più. Sparire. È una prospettiva dolce, quasi allettante. Non ha la forza di affrontare il dolore che la sommerge, come un'onda immensa. Da piccola aveva rischiato di affogare, un giorno, a San Vito Lo Capo, durante una gita di famiglia. Il mare, di solito così tranquillo in quel punto, era stranamente agitato. Un'onda più forte delle altre l'aveva travolta e per alcuni secondi era rimasta tagliata fuori dal mondo, rotolando nella schiuma. La sua bocca si era riempita di sabbia - lo ricorda ancora -, di sassolini minuscoli misti a ciottoli. Per un istante, i contorni della realtà si erano dissolti e non aveva più capito dove fosse il cielo e dove la terra. La corrente l'aveva trascinata con forza verso il fondo, come se qualcuno la tirasse per un piede. In quel singolare stato di semincoscienza tipico delle cadute e degli incidenti, quando la realtà va più veloce del pensiero, Giulia aveva pensato che non sarebbe mai più riemersa. Che era finita. Si era quasi rassegnata. In quel momento, la mano di suo padre l'aveva afferrata e trascinata verso la superficie. Giulia era tornata in sé, sorpresa, sotto choc. E viva.

Ma da quest'onda, purtroppo, non riemergerà.

Il destino si accanisce contro i Lanfredi, pensa Giulia, come il sisma che continua a far tremare il cuore dell'Italia, sempre negli stessi luoghi.

L'incidente di suo padre li ha messi a dura prova. La fine del laboratorio sarà il colpo di grazia.

Sarah

Montréal, Canada

Sarah lo sente: allo studio, qualcosa è cambiato. È un cambiamento sottile, indefinito, quasi impercettibile. Ma reale.

All'inizio è solo un'occhiata, un'inflessione nella voce di un collega quando la saluta, una maniera un po' forzata di chiederle come sta o, al contrario, di non chiederglielo affatto. Poi diventa un tono imbarazzato, uno strano modo di guardarla. Qualcuno sfoggia un sorriso di circostanza. Qualcun altro la evita. Nessuno è spontaneo.

Che cosa gli è preso, a tutti quanti? si chiede Sarah all'inizio. C'è qualcosa che non va nel suo tailleur, un dettaglio che le è sfuggito? Strano, è vestita in modo impeccabile, come sempre. D'un tratto le torna in mente la sua maestra delle elementari che, un giorno, si era presentata in classe tenendo in mano un sacco della spazzatura. L'aveva posato sulla cattedra con noncuranza, prima di rendersi conto di aver buttato la borsa nel cassonetto uscendo di casa. Aveva guidato fino a scuola senza accorgersi di niente. Naturalmente i bambini erano esplosi in una risata fragorosa.

Ma oggi la sua *mise* è perfetta. Sarah analizza ogni dettaglio nello specchio della toilette. A parte il viso stanco e la magrezza, che per ora riesce a camuffare, la malattia è invisibile. Da dove viene allora quel riserbo finora sconosciuto nei suoi rapporti con gli altri? Da qualche giorno, tra lei e i colleghi si è creata una sorta di distanza, una distanza insidiosa, e che non dipende da lei.

Basta una frase della sua segretaria, una frase sola. E allora Sarah capisce.

Mi dispiace, le dice in un sussurro, con sguardo addolorato. Per un istante – un istante brevissimo – Sarah si chiede di che cosa stia parlando; è successa una disgrazia di cui non è al corrente? Un attentato, una tempesta imprevista, un incidente, un lutto? Non le ci vuole molto per capire che si tratta di lei. Sì, è lei la vittima, la ferita. È del suo lutto che si sta parlando.

Sarah è senza fiato.

Se lo sa la segretaria, lo sanno tutti.

Inès ha parlato. Ha infranto il loro patto, da un giorno all'altro, all'improvviso. Ha rivelato il suo segreto. Devastante come una scintilla sulla polvere da sparo, la notizia si è sparsa nello studio, è corsa attraverso i corridoi, si è diffusa nelle sale riunioni, nella caffetteria, è salita su, in alto, all'ultimo piano, al vertice della gerarchia, fino alle orecchie di Johnson.

Inès... Inès in cui lei ha sempre creduto, che ha scelto personalmente tra tanti candidati; Inès che le sorride ogni mattina, che la spalleggia nelle cause, che lei ha preso sotto la sua ala; Inès, proprio lei, l'ha appena pugnalata, e nel modo più spregevole che ci sia.

Tu quoque, fili mi.

Ha confidato il loro segreto alla persona peggiore, all'uomo che più di tutti non vedeva l'ora di divulgarlo: Gary Curst, il più invidioso, il più ambizioso, il più misogino dei soci dello studio, che fin dal primo giorno aveva covato un odio feroce nei confronti di Sarah. La traditrice, fingendosi rammaricata, sosterrà di aver agito *per il bene dello studio,* e aggiungerà: *mi dispiace.* Sarah non crederà nemmeno per un secondo ai suoi rimorsi. Se lo sarebbe dovuto aspettare. Inès è così acuta, così – per usare un'espressione in voga – *diplomatica,* che è solo un modo elegante per dire: *subdola,* per dire: *sempre pronta a salire sul carro del vincitore.* Una parola che significa: *che non si fa scrupoli a giocare sporco.* Inès farà molta strada, oh, sì, Sarah gliel'aveva detto una volta. *Se farà tutto ciò che è necessario.*

Inès è andata da Gary Curst, *per puro scrupolo di coscienza,* per confidargli che Sarah ha commesso *degli errori* nella causa che stanno trattando, il processo Bilgouvar, una vertenza cruciale per il futuro finanziario dello studio. Naturalmente quei *passi falsi* sono *del tutto comprensibili, viste le sue condizioni.*

Ma Sarah di *passi falsi* non ne ha mai fatti. Certo, da quando ha iniziato la terapia concentrarsi è diventato più difficile, la sua attenzione è un po' più altalenante, ogni tanto dimentica qualche dettaglio, un nome, una parola nelle conversazioni, ma questo non ha mai e in nessun modo compromesso la qualità del suo lavoro. Non ha mai saltato né un appuntamento né una riunione. Dentro di sé, si sente debilitata, ma raddoppia gli sforzi per non darlo a vedere. Di *passi falsi*, di *errori*, Sarah non ne ha mai commessi, e Inès lo sa.

Perché tradirla, allora? Quando Sarah lo capisce, è troppo tardi. La verità è come una doccia fredda: Inès vuole il suo posto. Vuole diventare socia. All'interno dello studio le possibilità di carriera sono scarse, per i nuovi arrivati non è facile ottenere una promozione. Un socio che si mostra debole è una porta che si spalanca, un'occasione da non farsi sfuggire.

A Curst la cosa conviene per le stesse ragioni: è sempre stato invidioso del rapporto di fiducia che lega Sarah a Johnson. È lei la più indicata a succedergli come *managing partner*. A meno che un imprevisto non freni la sua ascesa... Gary Curst ci si vedrebbe proprio bene su quella poltrona, in cima alla gerarchia. Una malattia dal decorso lungo, insidioso, una malattia perniciosa, che logora, indebolisce, una malattia che può sparire e riapparire all'improvviso, è l'arma ideale per piegare un avversario. Curst non dovrà neppure sporcarsi le mani; è il delitto perfetto. Come nel gioco degli scacchi, cade una pedina e tutti avanzano di una casella. La pedina, in questo caso, è Sarah.

Basta una parola, una sola parola nell'orecchio sbagliato. E il danno è fatto.

Adesso è ufficiale, lo sanno tutti: Sarah Cohen è malata.

Malata significa vulnerabile, fragile, significa che potrebbe abbandonare a metà un processo, non dare il cento per cento in una causa, prendere un congedo a lungo termine.

Malata significa inaffidabile, significa che su di lei non ci si può contare. Peggio ancora, significa che potrebbe morire di qui a un mese, a un anno, chi lo sa? Sarah la sente, un giorno, quella frase tremenda, mormorata a fior di labbra in un corridoio: già, chi lo sa?

Malata è peggio che incinta. Se non altro, le gravidanze finiscono in un momento preciso. Il cancro invece è infido, c'è sempre il rischio di una recidiva.

È come una spada di Damocle che ti pende sulla testa, una nuvola nera che ti segue ovunque.

Sarah lo sa, un avvocato ha il dovere di essere brillante, efficiente, combattivo. Dev'essere capace di rassicurare, di persuadere, di sedurre. In uno studio legale del calibro di Johnson & Lockwood, sono in gioco milioni di dollari. Immagina le domande che si staranno facendo tutti: possiamo continuare a fidarci di lei? Ad affidarle cause importanti, che si trascineranno per anni? Come possiamo sapere se sarà ancora qui quando arriverà il momento di andare in aula?

Le notti in bianco, i fine settimana passati al lavoro, sarà ancora in grado di reggerli? Ne avrà la forza?

Johnson l'ha convocata nel suo ufficio, lassù, all'ultimo piano. Sembra piuttosto seccato. Avrebbe preferito che Sarah fosse venuta a parlargli, che gliel'avesse detto. Il loro rapporto si è sempre basato sulla fiducia, perché non gli ha detto nulla? Per la prima volta, Sarah si rende conto che il tono della sua voce non le piace affatto. Quell'aria di sufficienza, paternalistica, che assume in sua presenza, e che a pensarci bene ha sempre assunto, la disgusta.

Vorrebbe replicare che è del suo corpo che si tratta, della sua salute, e che non è affatto obbligata a tenerlo informato sull'argomento. Quel poco di libertà che le rimane consiste proprio in questo, nel non parlargliene. Vorrebbe dirgli di andare a farsi fottere, perché sa che cosa gli preme davvero, dietro quell'aria fintamente preoccupata, e non è né sapere come sta, né che cosa provi, e neppure se sarà ancora qui tra un anno, no, la sola cosa che gli interessa è sapere se sarà capace - proprio così, capace - di occuparsi delle sue stramaledette cause come prima. In una parola: di essere ancora *efficiente*.

Ovviamente Sarah non dice nulla di tutto questo. Mantiene la mente fredda. Senza scomporsi, cerca di tranquillizzare Johnson: no, non ha nessuna intenzione di chiedere un congedo a lungo termine, non ha neppure intenzione di assentarsi dall'ufficio. Continuerà a esserci. Certo, è malata, ma continuerà a essere presente, a fare il suo dovere e a occuparsi delle sue cause.

Mentre parla, Sarah è investita dalla sensazione di trovarsi in un tribunale, al banco degli imputati, nel mezzo della prima udienza di uno strano processo: il suo. Come di fronte a un giudice, Sarah espone le argomentazioni a sostegno della propria difesa. Ma che sta facendo?! Si è forse macchiata di qualche crimine? Ha forse fatto qualcosa di sbagliato? Perché si sta giustificando, allora?

Tornando nel suo ufficio, cerca di convincersi che non cambierà niente. Ma è inutile. In fondo al cuore, Sarah sa che Johnson ha iniziato a istruire il suo processo.

Forse il nemico non è quello che credeva, pensa Sarah.

Smita

Uttar Pradesh, India

Smita fugge attraverso la campagna addormentata, la mano di Lalita stretta nella sua. Non ha tempo di parlare, di spiegare a sua figlia che questo momento rimarrà per sempre scolpito nella loro memoria come il momento in cui lei ha compiuto la sua scelta, in cui ha deviato la traiettoria del loro destino. Corrono senza far rumore, per non essere viste né sentite dai *jat*. Quando si sveglieranno, saranno già molto lontane, spera Smita. Non c'è un secondo da perdere.

Sbrigati!

Devono raggiungere la strada principale. Lì, Smita ha nascosto la sua bicicletta, in un cespuglio, vicino al fosso, assieme a una misera scatola di cartone con dentro un po' di cibo. Prega che nessuno gliele abbia rubate. Dovranno percorrere molti chilometri prima di arrivare alla National Highway 31, dove prenderanno un pullman per Varanasi, uno di quegli incredibili autobus di linea bianchi e verdi su cui si sale in cambio di qualche rupia. Il comfort non è granché, la sicurezza è discutibile – di notte, gli autisti si fanno di *bhang** –, ma il prezzo dei biglietti batte qualunque concorrenza. Meno di un centinaio di chilometri le separa dalla città sacra. Una volta lì, dovranno trovare la stazione e prendere un treno per Chennai.

Spuntano i primi chiarori dell'alba. Sulla strada principale, i camion hanno già iniziato a sfrecciare avanti e indietro, in un baccano spaventoso. Lalita trema come una foglia; Smita sente la sua paura, la piccola non si è mai spinta così lontano dal villaggio. Oltre questa strada c'è l'ignoto, il mondo, il pericolo.

Smita scosta i rami che coprono la bicicletta: è ancora qui. Ma la scatola che aveva preparato giace

* Bevanda a base di cannabis, che ha effetti stimolanti. (*N.d.A.*)

un po' più in là nel fosso, ridotta a brandelli. Deve averla trovata un cane o un ratto affamato. Non è rimasto niente, o quasi... Dovranno proseguire a stomaco vuoto, non c'è altra scelta. Adesso non ha tempo di procurarsi altro cibo. Presto, la moglie del brahmano solleverà la giara di riso prima di andare al mercato. Sospetterà subito di lei? Avvertirà il marito? Si lanceranno alla sua ricerca? Nagarajan dev'essersi già accorto della loro assenza. No, non hanno tempo di pensare al cibo, devono andare avanti. La bottiglia d'acqua è ancora qui, sarà la loro prima colazione.

Smita sistema Lalita sul portapacchi e salta in sella alla bici. La piccola, impaurita, le mette le mani attorno ai fianchi e si aggrappa a lei come un geco, una di quelle lucertole verdi di cui le abitazioni sono piene e che piacciono tanto ai bambini. Smita non vuole che sua figlia veda che ha paura. I camion Tata, troppo numerosi per una strada così stretta, le superano in un fragore assordante. Qui non ci sono regole, è il più grosso ad avere la precedenza. Smita trema, stringe forte il manubrio per non perdere l'equilibrio; non vuole pensare a cosa accadrebbe se cadessero. Ancora uno sforzo e raggiungeranno la NH56, che collega Lucknow a Varanasi.

Smita è seduta sul ciglio della strada accanto alla figlia. Asciuga con un panno il suo volto e quello di Lalita. Sono ricoperte di polvere. È da due ore che aspettano l'autobus. Passerà, prima o poi? Gli orari da queste parti sono variabili, per non dire aleatori. Quando finalmente il pullman appare, una folla compatta si precipita verso le porte. L'autobus è già strapieno, salire è difficilissimo. Qualcuno preferisce arrampicarsi sul tetto e viaggiare all'aperto, aggrappato alle barre laterali. Smita prende Lalita per mano e in qualche modo riesce a issarla nell'abitacolo. In fondo, nell'ultima fila, scorge un angolino libero: per loro due basterà. Cerca di farsi strada in senso inverso per recuperare la bicicletta che ha lasciato fuori. È un'impresa rischiosa. Decine di passeggeri si accalcano nel corridoio centrale, alcuni non hanno un posto per sedersi, altri litigano furiosamente. Una donna ha portato a bordo alcune galline, provocando l'ira di uno dei suoi vicini. Lalita si mette a urlare indicando il finestrino: un uomo si sta allontanando in sella alla sua bicicletta. Smita impallidisce: lanciarsi alla sua rincorsa significherebbe rischiare che l'autobus riparta senza di lei. L'autista ha appena inserito la marcia, il motore ha già iniziato a rombare. A malincuore, Smita si rassegna a tornare al suo posto, guardando sparire il vecchio rottame che ha acquistato tempo fa e che contava di rivendere per comprare da mangiare.

L'autobus si muove. Lalita s'incolla al finestrino posteriore per non perdersi neppure un dettaglio di quel viaggio. All'improvviso, comincia a strillare.

Papà!

Smita ha un sussulto, si volta: sulla strada è apparso Nagarajan. Corre in direzione dell'autobus appena partito. Smita si sente mancare. Suo marito corre verso di loro, il viso contratto in un'espressione indefinibile: rammarico, sgomento, affetto? Rabbia? Nagarajan rimane indietro, distanziato dall'autobus che prende velocità. Lalita scoppia a piangere, batte i pugni contro il vetro, si gira verso la madre per implorare il suo aiuto.

Mamma, digli di fermarsi!

Ma fermare l'autobus è impossibile, e Smita lo sa. Non riuscirà mai a farsi strada fino all'autista.

E, anche se ci riuscisse, l'uomo si rifiuterebbe di fermarsi e le costringerebbe a scendere. È un rischio che non può permettersi. La sagoma di Nagarajan rimpicciolisce, presto sarà soltanto un puntino minuscolo dietro di loro, ma lui non si arrende e continua la sua corsa vana. Lalita è scossa dai singhiozzi. Suo padre, alla fine, scompare dal loro campo visivo. Forse per sempre. La piccola nasconde il viso nel collo di sua madre.

Non piangere.
Ci raggiungerà laggiù.

Smita cerca di rassicurarla, come se volesse convincersi che succederà davvero. Ma niente è meno certo. Si chiede allora a che cos'altro dovranno rinunciare prima di arrivare alla fine del loro viaggio. Mentre consola la piccola Lalita in lacrime, accarezza l'immagine di Viṣṇu nascosta sotto il sari. Andrà tutto bene, si ripete per calmarsi. Il loro cammino è costellato di prove, ma Viṣṇu è qui accanto a loro.

Lalita si è addormentata. Sulle sue guance, le lacrime si sono asciugate lasciando dei solchi chiari.

Smita guarda il paesaggio che sfila dietro i finestrini sporchi, lungo il bordo della strada - abitazioni di fortuna, campi, un'area di servizio, una scuola, carcasse di camion, sedie sotto un albero secolare, un mercatino improvvisato, venditori seduti per terra, un uomo che noleggia motorini nuovissimi, un lago, capannoni, un tempio in rovina, cartelloni pubblicitari, donne in sari con ceste sulla testa, un trattore -, e le sembra che l'India intera sia qui, sul bordo di questa strada, nel caos indecifrabile in cui si mescolano indistintamente antico e moderno, puro e impuro, sacro e profano.

Con tre ore di ritardo - un camion impantanato ha bloccato il traffico - il pullman raggiunge infine la stazione degli autobus di Varanasi. Vomita immediatamente in strada il suo carico di uomini, donne, bambini, valigie, galline e di tutto ciò che i passeggeri sono riusciti ad ammucchiare sopra, sotto e in mezzo a loro. Spunta persino una capra, che un uomo fa scendere dal tetto sotto lo sguardo sbalordito di Lalita, che si domanda come abbia fatto ad arrivare fin lì.

Appena scese, Smita e sua figlia vengono travolte dall'energia della città. Tutt'attorno ci sono pullman, automobili, risciò e camion carichi di pellegrini che corrono in direzione del Gange e del Tempio d'Oro. Varanasi è una delle città più antiche del mondo. La gente viene qui per purificarsi, raccogliersi in preghiera, sposarsi, ma anche per cremare i propri cari, e a volte per morire. Sui *ghat,* le scalinate che scendono fino alle sponde del *Ganga Mama,* come lo chiamano da queste parti, la vita si accompagna alla morte, la notte al giorno, in una danza senza fine.

Lalita non ha mai visto niente di simile. Smita le ha parlato spesso di questa città in cui i genitori l'avevano portata in pellegrinaggio, da bambina. Avevano compiuto assieme il *Panchatirthi Yatra,* il viaggio che consiste nell'immergersi nelle acque del fiume sacro in cinque punti diversi, secondo un ordine preciso. La visita si era conclusa con le benedizioni al Tempio d'Oro, come vuole la tradizione. Smita aveva seguito i suoi genitori e i suoi fratelli. Quel viaggio le aveva lasciato un segno profondo, un ricordo indelebile. In particolare, era rimasta colpita dal *ghat* di Manikarnika, consacrato alla cremazione dei defunti. Ricorda ancora la pira avvolta dalle fiamme in cui si scorgevano le spoglie di un'anziana donna. Secondo l'usanza, il suo corpo era stato lavato nelle acque del Gange, poi asciugato con cura e infine bruciato. Smita, spaventata, aveva guardato le fiamme lambire il corpo per poi inghiottirlo voracemente in un crepitio infernale. La cosa strana era che i parenti della donna non sembravano tristi, anzi, parevano quasi rallegrarsi del *mokṣa* della defunta, della sua liberazione. Alcuni chiacchieravano, altri giocavano a carte, altri addirittura ridevano. I *dalit* vestiti di bianco si affaccendavano senza sosta, giorno e notte: in quanto compito impuro, la cremazione spettava a loro, ovviamente. Dovevano inoltre rifornire la città delle tonnellate di legna necessarie per le pire, che portavano in barca fino ai *ghat*. Smita ricorda ancora le immense cataste di legna in attesa sulle rive. A pochi metri di distanza, le vacche bevevano l'acqua del fiume, incuranti di ciò che accadeva attorno a loro. Un po' più in là, uomini, donne e bambini si dedicavano alle abluzioni rituali, in ossequio alla tradizione d'immergersi nel Gange dalla testa ai piedi, per purificarsi. Altrove si celebravano matrimoni festosi e colorati, intonando canti religiosi e profani. Altre persone lavavano i piatti oppure i panni nel fiume. In alcuni punti l'acqua era nera, e sulla sua superficie si vedeva galleggiare di tutto, fiori, lampade a olio e offerte dei pellegrini, ma anche carcasse di animali in decomposizione e persino ossa umane. Dopo la cremazione, infatti, le ceneri venivano disperse nel fiume ma, poiché molte famiglie non potevano permettersi un'incinerazione completa, gettavano i corpi dei loro cari ancora semicarbonizzati, a volte addirittura interi.

Ma oggi non c'è nessuno a guidarla, non c'è nessuna mano rassicurante cui aggrapparsi, se non quella di sua figlia, che la segue ubbidiente. Sono sole in mezzo alla massa senza volto dei pellegrini, alla ricerca della stazione ferroviaria. Smita sa che si trova in centro, lontano dal luogo in cui le ha lasciate l'autobus.

Lungo le vie, Lalita osserva meravigliata le vetrine dei negozi che espongono oggetti incredibili, l'uno più strano dell'altro. Un aspirapolvere, uno spremiagrumi, più in là una stanza da bagno, un lavandino, un water. È la prima volta che Lalita ne vede uno. Smita sospira, vorrebbe fare in fretta, ma la curiosità della bambina le rallenta. Incrociano una fila di scolaretti in divisa scura che si tengono per mano. Smita nota che lo sguardo di sua figlia si sofferma su di loro.

Finalmente, ecco apparire la stazione di Varanasi Cantt, una delle più trafficate del Paese. Il piazzale è gremito di una folla ribollente. Nell'ingresso, una marea umana si accalca davanti alle biglietterie. Ovunque ci sono uomini, donne e bambini, in piedi, seduti, sdraiati, che aspettano il loro turno per ore, a volte persino per giorni.

Smita si fa largo stando attenta a evitare i seccatori che, approfittando dello sgomento o dell'ingenuità dei turisti, estorcono qualche rupia in cambio d'informazioni false. Smita si accoda a una delle quattro file, in ognuna delle quali ci sarà almeno un centinaio di persone. Ci vorrà pazienza. Lalita comincia a mostrare segni di stanchezza. Hanno viaggiato tutto il giorno senza toccare cibo e non hanno percorso nemmeno cento chilometri. E il peggio deve ancora venire, Smita lo sa bene.

È buio quando finalmente arriva il suo turno. Quando Smita gli chiede due biglietti per Chennai, il bigliettaio la guarda stupito. Come, non lo sa che i posti vanno prenotati con diversi giorni d'anticipo?

I treni sono sempre pieni e se non hanno una prenotazione... Smita si sente svenire al pensiero di passare la notte qui, nella città sacra, dove non conosce nessuno. I soldi presi al brahmano sono a malapena sufficienti per pagare i biglietti e un po' di cibo, non possono permettersi una pensione, e nemmeno un posto letto in un dormitorio. Smita insiste, devono partire subito, il prima possibile. Non esita ad aggiungere qualche moneta messa da parte per la cena. Il bigliettaio la guarda, incerto, poi borbotta qualcosa scoprendo i denti gialli e sparisce. Torna con due biglietti in *sleeper class*, la classe più economica, nel treno del giorno dopo. Non può fare di più. In seguito, Smita scoprirà che quei biglietti vengono venduti a chiunque li chieda; non esistono restrizioni sul numero di passeggeri in questo tipo di carrozze, che infatti sono costantemente sovraffollate. Il bigliettaio ha fatto leva sulla sua ingenuità per spillarle qualche rupia, ma lei lo capirà troppo tardi.

Lalita si è addormentata tra le sue braccia, esausta. Con passo pesante, Smita si apre un varco tra la folla, alla ricerca di un posto in cui sedersi. Ovunque – lungo i binari, in ogni sala della stazione – le persone si preparano per la notte. Si sistemano, si sdraiano, si addormentano dove capita: i più fortunati, almeno. Smita si siede in un angolo, per terra, poco distante da una donna vestita di bianco con due bambini piccoli. Lalita si è appena svegliata. Ha fame. Smita estrae la bottiglia, in cui è rimasto solo un goccio d'acqua; per stasera, non c'è altro. La bimba scoppia a piangere.

Poco distante, la donna vestita di bianco sta dando dei biscotti ai suoi figli. Guarda Smita, poi la piccolina in lacrime tra le sue braccia. Si avvicina e offre loro un po' della sua cena. Smita alza gli occhi verso di lei, stupita; non è abituata a ricevere aiuto, non ha mai chiesto l'elemosina. Nonostante le umili condizioni, ha sempre vissuto con dignità. Se fosse stata da sola, avrebbe certamente rifiutato, ma Lalita è debole, non può affrontare il viaggio senza mangiare. Smita prende i biscotti e la banana che le porge la donna in bianco e la ringrazia. Lalita si avventa sul cibo. La donna ha comprato del tè allo zenzero da un venditore abusivo. Gliene offre qualche sorso, che Smita accetta volentieri. Quel tè bollente dal sapore pepato e piccante la fa sentire subito meglio. La donna, che si chiama Lackshmama, comincia a chiacchierare. Dove stanno andando, così, da sole? Non hanno un marito, un padre o un fratello che le accompagni? le chiede. Smita risponde che stanno andando a Chennai, dove – aggiunge, mentendo – le attende suo marito. Lackshmama e i suoi figli sono diretti a Vrindavan, una cittadina a sud di Delhi conosciuta come « la città delle vedove bianche ». Le confida di aver perso il marito qualche mese prima, portato via da una brutta febbre. Dopo la sua morte, è stata cacciata dalla famiglia di lui, presso cui viveva. Con voce velata dall'amarezza, Lackshmama le parla del triste destino delle vedove indiane. Maledette dalla società che le ritiene colpevoli di non aver saputo trattenere l'anima del loro defunto marito, le vedove a volte sono persino accusate di averne provocato la malattia o la morte con dei sortilegi. Se il loro uomo muore in un incidente, non possono riscuotere l'assicurazione; se viene ucciso in guerra, non hanno diritto alla pensione. La loro presenza è segno di malaugurio, incrociarne l'ombra un presagio funesto. Sono escluse dai matrimoni e dalle feste, sono costrette a nascondersi, a vestirsi di bianco in segno di lutto, a condurre una vita di penitenza. Spesso, è la loro stessa famiglia a buttarle in mezzo alla strada. Lackshmama ricorda con orrore la pratica barbara del *sati,* che un tempo le condannava a immolarsi sulla pira funebre del marito. Le donne che si rifiutavano di farlo venivano bandite, picchiate o umiliate e qualche volta spinte con la forza tra le fiamme dai parenti del marito, o persino dai propri figli, che così potevano spartirsi l'eredità. Prima di essere sbattute in mezzo alla strada, le vedove sono costrette a consegnare tutti i gioielli e a rasarsi la testa, così da non esercitare più nessuna attrazione sugli uomini. Non importa quanti anni abbiano, risposarsi è proibito. Nelle campagne, dove le donne sono date in moglie giovanissime, alcune bambine rimangono vedove a soli cinque anni e, di fatto, sono condannate a una vita da mendicanti.

È così, quando perdi il marito, non ti rimane più nulla, sospira Lackshmama. Smita sa che è vero: la donna non possiede niente, ogni cosa appartiene al marito. Quando si sposa, gli dà tutto. Quando lo perde, la sua vita finisce. Lackshmama non possiede più nulla, tranne un gioiello che è riuscita a nascondere sotto il sari, un regalo di matrimonio dei suoi genitori. Ricorda bene quel giorno felice in cui, vestita con sfarzo e adornata di gioielli, era stata condotta al tempio dalla sua famiglia per celebrare le nozze. Il suo matrimonio era iniziato nel lusso; ora, è finito nella miseria più nera. Le confessa che avrebbe preferito che suo marito l'avesse lasciata o ripudiata; almeno la società non l'avrebbe ridotta al rango di paria, e magari i suoi cari avrebbero mostrato un po' di compassione, invece di trattarla con disprezzo e ostilità. Avrebbe preferito incarnarsi in una vacca, così sarebbe stata rispettata. Smita non ha il coraggio di dirle che lei ha scelto di lasciare suo marito, di abbandonare il suo villaggio e tutto ciò che aveva. In questo momento, mentre ascolta Lackshmama, si chiede se non abbia commesso un terribile sbaglio. La giovane vedova le confessa di aver pensato al suicidio, ma di aver rinunciato all'idea per timore che i parenti di suo marito ammazzassero i suoi figli per impossessarsi dell'eredità, come a volte accade. Ha preferito l'esilio a Vrindavan, assieme a loro. Dicono che migliaia di donne trovino rifugio negli *ashram* caritatevoli della città, « le case delle vedove », oppure per strada. In cambio di una ciotola di riso o di zuppa, cantano inni in onore di Kṛṣṇa nei templi, assicurandosi così il loro magro sostentamento. Un solo pasto al giorno, non hanno diritto ad altro.

Smita ascolta la vedova senza interromperla. La donna è poco più vecchia di lei. Quando le chiede quanti anni ha, Lackshmama le risponde che non lo sa. Non più di trenta, crede. Ha un viso ancora giovane, pensa Smita, e occhi vivaci, che però emanano una tristezza infinita, una tristezza quasi millenaria.

Lackshmama deve andare, il loro treno è arrivato. Smita la ringrazia per la cena e le promette che pregherà per lei e per i suoi bambini. La guarda allontanarsi in direzione dei binari, col figlio piccolo in braccio e con l'altro per mano, e come bagaglio solo un misero sacco. Mentre la sua ombra scompare tra la folla dei passeggeri in partenza, Smita accarezza l'immagine di Viṣṇu sotto il suo sari e prega il dio perché accompagni e protegga quella donna nel suo viaggio e nella sua vita in esilio. Pensa alle migliaia di vedove che vivono nelle stesse condizioni, abbandonate e indifese, dimenticate da questo Paese che non ama le donne, e all'improvviso si sente grata di esistere, di essere Smita, e anche se è una *dalit* si sente intatta, forte, e forse destinata a una vita migliore.

Preferirei non essere mai nata, le ha confessato Lackshmama appena prima di sparire.

Giulia

Palermo

Quando Giulia ha annunciato a sua madre e alle sue sorelle che il laboratorio è sull'orlo del fallimento, Francesca è scoppiata a piangere. Adele non ha detto niente: si comporta come se nulla la riguardasse, con l'indifferenza tipica degli adolescenti. La mamma all'inizio è rimasta in silenzio, poi è crollata. Lei che è sempre così devota ha accusato il cielo di essersi accanito contro di loro. Prima suo marito, ora il laboratorio... Di quale delitto, di quale peccato si sono macchiati per meritarsi una punizione del genere?! Che ne sarà delle sue figlie? Adele non ha ancora finito il liceo... E Francesca, che ha sposato l'uomo sbagliato e già ora fatica a provvedere ai bisogni dei suoi bambini? Quanto a Giulia, non sa fare nient'altro che il mestiere che le ha insegnato suo padre. Un padre che oggi non è neppure qui con loro...

La mamma passa ore e ore a piangere, quella notte, per suo marito, per le sue figlie, per quella casa che stanno per perdere... Per se stessa, invece, non piange; non l'ha mai fatto. Alle prime luci dell'alba, un'idea nuova si affaccia alla sua mente: Gino Battagliola è innamorato di Giulia da anni, ha sempre sognato di sposarla, non è un segreto. La sua famiglia è ricca, possiede diversi saloni da parrucchiere in giro per il Paese. I genitori hanno sempre dimostrato una sincera amicizia nei confronti dei Lanfredi. Chissà, magari accetterebbero di estinguere l'ipoteca sulla casa di famiglia? Il laboratorio sarebbe perduto comunque, ma almeno avrebbero un tetto sopra la testa. Le sue figlie sarebbero al sicuro. Sì, quel matrimonio sarebbe la loro salvezza, pensa la mamma.

Quando espone la sua idea a Giulia, lei la respinge con violenza. Non sposerà mai Gino Battagliola. Piuttosto, preferisce finire sotto un ponte! Non ha niente contro di lui, non è una persona sgradevole, ma è così banale e insipido... Lo vede spesso girare al laboratorio; con la sua andatura dinoccolata e il ciuffetto ribelle, sembra uno di quei personaggi un po' ridicoli dei *Mostri,* la commedia di Dino Risi che piace tanto a suo padre.

È un buon partito, insiste sua madre. Gino è un ragazzo gentile, ed è ricco; Giulia non deve preoccuparsi, non le mancherà nulla. Nulla, tranne l'essenziale, replica lei. Si rifiuta di sottomettersi, di rinchiudersi in una gabbia dorata, non sa che farsene di una vita fatta di buone maniere e di apparenze. Non saresti la prima a farlo, le dice la mamma, e Giulia sa che ha ragione.

Sua madre ha avuto un matrimonio felice, anche se non aveva realmente scelto il suo promesso sposo. Ancora nubile a trent'anni, si era decisa ad accettare la proposta di Pietro Lanfredi, che le faceva la corte. L'amore era sbocciato col tempo. Nonostante il temperamento irascibile, il padre di Giulia era un uomo buono, che aveva saputo conquistare il cuore della moglie. Forse anche a lei sarebbe accaduto lo stesso.

Giulia corre di sopra e si chiude in camera sua. Si sente in trappola, non sa cosa scegliere. La pelle di Kamal scotta e la fa impazzire di desiderio. Si rifiuta d'infilarsi in un letto freddo, tra lenzuola gelide, come la protagonista di quel romanzo che l'aveva scossa così profondamente, *Mal di pietre*: non riuscendo ad amare l'uomo che ha sposato, la donna vaga disperata per le strade alla ricerca del suo amante perduto. Giulia non sa che farsene di una vita incorporea. Le tornano in mente le parole della Nonna: fa' ciò che vuoi, mia cara, ma mi raccomando non sposarti mai.

Ma che alternative ha? Davvero accetterebbe che sua madre e le sue sorelle finiscano in mezzo a una strada? La vita è crudele, non è giusto che tutto il peso della famiglia ricada sulle sue spalle.

Quel giorno, Giulia non ha il coraggio di andare da Kamal, che l'aspetta nella grotta. Senza un motivo preciso, cammina fino alla chiesetta che piaceva tanto a suo padre... Trasalisce, rendendosi conto che sta cominciando a pensare a lui al passato. È ancora vivo, si corregge.

Giulia non prega mai, eppure oggi sente il bisogno di farlo. A quest'ora del giorno la chiesa è deserta. All'interno, regna un'atmosfera ovattata e silenziosa. Sembra quasi di essere fuori dal mondo o, al contrario, al suo centro esatto. Forse è la frescura, o il profumo lieve d'incenso, o l'eco sottile dei passi sulla pietra... Giulia trattiene il respiro; fin da piccola, si è sempre commossa entrando in chiesa, come se penetrasse in un territorio sacro, misterioso, carico di anime. Vede i lumini perennemente accesi e si domanda chi, in mezzo al trambusto del mondo, trovi il tempo di occuparsi di quelle effimere fiammelle.

Infila una moneta nella cassetta delle offerte e prende un cero, che posa accanto agli altri. Lo accende, poi chiude gli occhi. In un sussurro, Giulia comincia a pregare. Prega perché il cielo le restituisca suo padre, perché le dia la forza di accettare una vita che non ha scelto. È troppa la sofferenza che la vita impone ai Lanfredi, pensa Giulia.

Ci vorrebbe un miracolo.

Ma in questa vita i miracoli non esistono, e lei lo sa. Accadono solo nella Bibbia, o in quei racconti che leggeva da bambina. Giulia ha smesso di credere alle favole. L'incidente di suo padre l'ha proiettata violentemente nell'età adulta. Lei, però, non era pronta. Era così bello cullarsi in un'adolescenza che sembrava senza fine, come un bagno caldo da cui non si vorrebbe uscire mai. L'età della maturità è arrivata, ed è un'età crudele. Il sogno è finito.

Il matrimonio è l'unica soluzione. Giulia ha esaminato la questione fino allo sfinimento. Gino estinguerà l'ipoteca che grava sulla casa. Il laboratorio è comunque perduto, ma almeno la sua famiglia sarà salva. È quello che dice la mamma, è quello che avrebbe voluto il papà. Questo argomento la convince definitivamente.

Quella sera, Giulia scrive a Kamal. Forse sulla carta le parole suoneranno meno crudeli, pensa lei. Nella lettera, gli racconta del laboratorio, della minaccia che incombe sulla sua famiglia. E gli dice che sta per sposarsi.

In fondo, non si sono promessi nulla. Lei non ha mai pensato a un futuro assieme a lui, non ha mai creduto che la loro relazione potesse durare. Hanno culture diverse, fedi diverse, tradizioni diverse. Eppure, le loro pelli stanno così bene insieme. Il corpo di Kamal s'incastra perfettamente col suo.

Accanto a lui, Giulia si sente viva come non lo è mai stata. È turbata da quel desiderio violento che la consuma, che le impedisce di dormire, che la fa svegliare ogni mattina palpitante di piacere e ogni giorno la spinge a tornare da lui. Quell'uomo che conosce da così poco e di cui non sa nulla, o quasi, la turba come nessun altro prima.

Questo non è amore, si ripete Giulia nel tentativo di convincersi. È un'altra cosa. Ed è meglio dimenticarla.

Non sa neppure a che indirizzo spedire la lettera. Non ha idea di dove abiti. Una volta le ha detto che divide una stanza con un altro operaio, in un quartiere di periferia. A ogni modo non importa, la lascerà nella grotta in cui s'incontrano. La appoggia sotto una conchiglia, accanto allo scoglio dove i loro corpi si sono intrecciati così tante volte.

La loro storia finisce qui, un po' per caso, così com'era cominciata, pensa Giulia.

Quella notte non riesce a chiudere occhio. Il sonno, Giulia l'ha perso, inghiottito dal fondo del cassetto di suo padre. Le ore scorrono lente. Le sue notti sono insonni, angoscianti, come se l'alba non dovesse sorgere mai più. Non ha nemmeno la forza di leggere. Rimane immobile, come una pietra, prigioniera dell'oscurità.

Dovrà annunciare la chiusura del laboratorio alle operaie. Sa che spetta a lei farlo, non può contare né sulle sue sorelle, né su sua madre. Quelle donne, che sono molto più che semplici colleghe, che sono le sue migliori amiche, Giulia dovrà licenziarle. Nulla potrà alleviare la loro pena, tranne le lacrime amare che verseranno assieme. Sa quanto questo lavoro sia importante per ognuna di loro. Alcune hanno dedicato al laboratorio tutta la loro vita. Che ne sarà della Nonna? Chi l'assumerà? Alessia, Gina e Alda hanno superato i cinquanta, un'età in cui è difficile trovare un nuovo impiego. Che cosa farà Agnese, rimasta sola coi figli dopo che il marito l'ha lasciata? E Federica, che ha perso i genitori? Giulia ha fatto di tutto per rimandare questo momento, come si rinvia un'operazione che si sa che sarà dolorosa. Ma prima o poi dovrà decidersi. Domani glielo dirò, pensa Giulia. E il pensiero la distrugge, le impedisce di dormire.

Accade attorno alle due del mattino.

Un sassolino colpisce la sua finestra, in piena notte.

Giulia sussulta, si riscuote dal torpore in cui alla fine è sprofondata. Un secondo sasso. Lei si avvicina alla finestra: Kamal è qui sotto, in strada. La guarda. Ha in mano la sua lettera, e la chiama:

Giulia!
Scendi!
Devo parlarti!

Giulia gli fa cenno di stare zitto. Teme che possa svegliare la mamma, oppure i vicini, che hanno il sonno leggero. Ma Kamal non si muove. Insiste, vuole parlarle. Giulia si veste e si precipita da lui, in strada.

Tu sei matto, sei completamente matto a venire qui! gli dice.

È allora che si compie il miracolo.

Sarah

Montréal, Canada

All'inizio, quasi non se ne accorge. Prima è una riunione di cui non è stata informata. Non volevamo disturbarti, le diranno in seguito.

Poi una causa di cui nessuno le ha parlato. *In questo periodo hai già abbastanza pensieri.* Frasi fatte che hanno un vago sentore di compassione, tanto che Sarah per poco non abbocca. Ma quel tipo di attenzioni non le interessa, lei vuole solo continuare a lavorare, essere considerata come sempre. Non accetta trattamenti di favore. Ma da un po' di tempo si sente meno coinvolta nelle attività dello studio, nelle decisioni da prendere, nella gestione delle cause. Certe cose non le vengono dette, certe domande vengono rivolte ad altre persone.

Da quando si è sparsa la notizia della sua malattia, le cose vanno a gonfie vele per Curst. Sarah lo vede sempre più spesso parlare con Johnson, ridere alle sue battute, pranzare assieme a lui. Dal canto suo, Inès ha cominciato a prendere iniziative, a ritagliarsi maggiore libertà negli incarichi che Sarah le ha affidato, senza consultarsi con lei. Quando la richiama all'ordine, la ragazza si giustifica, con aria fintamente addolorata, dicendo che lei *non c'era*, o *non era disponibile*: e cioè era in ospedale. Approfitta delle sue assenze per prendere le decisioni al posto suo, per intervenire nelle riunioni. Negli ultimi tempi si è molto avvicinata a Gary Curst, ha persino iniziato a fumare col solo obiettivo – così pensa Sarah – di trascorrere le pause sigaretta col suo nuovo mentore. Chissà che non ci sia modo di racimolare una promozione...

All'ospedale, Sarah ha iniziato la terapia. Contro il parere del suo oncologo, non ha chiesto neppure un giorno di permesso. Assentarsi significherebbe lasciare un posto libero, abbandonare il campo. È troppo rischioso. Deve resistere, costi quel che costi. Ogni mattina, coraggiosamente, Sarah si alza per andare al lavoro. Non permetterà che il cancro le porti via ciò che ha impiegato tanti anni a costruire.

Lotterà con le unghie e coi denti per difendere il suo regno. È questo pensiero a tenerla in piedi, a darle la forza, la grinta, l'energia di cui ha bisogno.

L'oncologo l'ha messa in guardia: la terapia è aggressiva e gli effetti collaterali saranno molto pesanti. Ha preparato una tabella con un elenco esauriente, specificando in quale momento compariranno le nausee, e quali conseguenze avrà la chemio su capelli, unghie, sopracciglia, pelle, mani, piedi. Un resoconto dettagliato di che cosa l'attende, giorno per giorno, nei prossimi mesi. Sarah è uscita con in mano una decina di ricette, una per ogni effetto da contrastare.

Quello che non le ha detto, ciò di cui nessuno le ha mai parlato è un effetto indesiderato molto più temibile della sindrome mano-piede, molto peggiore della nausea o di quell'annebbiamento mentale in cui ogni tanto sprofonda. L'effetto cui non era preparata, e che nessun farmaco potrà mai curare, è l'isolamento che accompagna la malattia, la lenta e dolorosa esclusione di cui è diventata oggetto.

All'inizio, Sarah si rifiuta di dare un nome a ciò che accade attorno a lei. Preferisce ignorare le « dimenticanze » dei suoi colleghi, così come quell'indifferenza sconosciuta nello sguardo di Johnson. Ma indifferenza non è la parola giusta: è più una sorta di distacco, d'insolita freddezza nei rapporti. Occorrono varie settimane di appuntamenti cui non viene invitata, di riunioni di cui non viene informata, di documenti che non le vengono consegnati, di clienti che non le vengono presentati, perché finalmente ne abbia la certezza: la stanno emarginando.

Questa violenza ha un nome, un nome che fatica a pronunciare: discriminazione. Una parola sentita centinaia di volte nel corso dei processi e che non l'aveva mai riguardata davvero. O così credeva. Sarah ne conosce perfettamente la definizione: « Qualunque distinzione operata tra le persone sulla base delle loro origini, del sesso, dello stato civile, della gravidanza, dell'aspetto fisico, del patronimico, dello stato di salute, di un loro handicap, delle caratteristiche genetiche, dei costumi, dell'orientamento o dell'identità sessuale, dell'età, delle opinioni politiche, delle attività sindacali, dell'appartenenza o non appartenenza, vera o presunta, a una determinata etnia, nazione, razza o religione ».

Il concetto è talvolta associato a quello di « stigma », per come lo definisce il sociologo Erving Goffman: « Attributo che rende l'individuo diverso dalla categoria cui dovrebbe appartenere ». Chiunque porti questo marchio è dunque un individuo *stigmatizzato*, diverso dagli altri, quelli che Goffman chiama i *normali*.

Sarah adesso ne ha la certezza: è stigmatizzata. Ora capisce che in questa società che esalta la giovinezza e la vitalità non c'è posto per i malati e i deboli. Lei che ha sempre fatto parte del mondo dei potenti ora sta scivolando dall'altra parte, nel campo opposto.

Come difendersi da questo? Contro la malattia, Sarah sa come combattere, ha armi, terapie, medici su cui contare. Ma qual è la cura contro l'esclusione? La stanno spingendo lentamente verso l'uscita, la stanno mettendo da parte: che cosa può fare per invertire la rotta?

Combattere. Sì, ma come? Citare lo studio Johnson & Lockwood per discriminazione? Per farlo, dovrebbe licenziarsi. E, se dà le dimissioni, perderà qualunque forma di tutela, dovrà rinunciare alla protezione sociale. Trovare lavoro altrove? E chi le assumerebbe, lei e la sua malattia? Fondare uno studio tutto suo? Una prospettiva allettante, ma che richiede investimenti. Le banche prestano denaro soltanto a chi è in buona salute, e lei lo sa bene. E poi quali clienti la seguirebbero? Non potrebbe promettere niente, neppure che tra un anno sarà ancora qui a difendere i loro interessi.

Le torna alla mente un processo terribile di qualche anno fa, una donna difesa da uno dei suoi colleghi, che lavorava come segretaria di uno studio medico. Quando aveva sentito un dolore alla testa, si era confidata col medico che l'aveva assunta. Lui l'aveva visitata. Le aveva fatto delle analisi e l'aveva convocata la sera stessa, per comunicarle il suo licenziamento: la donna aveva il cancro. Naturalmente le ragioni ufficiali erano *economiche*, ma l'imbroglio era evidente. Il procedimento era durato tre anni e, alla fine, la donna aveva vinto. Era morta poco tempo dopo.

Sarah è vittima di una violenza più dolce, che non dichiara il proprio nome. È una violenza più insidiosa, e proprio per questo più difficile da dimostrare. Ma è reale.

Una mattina di gennaio, Johnson la convoca nel suo ufficio, lassù, all'ultimo piano. Fingendosi preoccupato, le chiede come sta. Sarah sta bene, grazie. Sì, sta facendo la chemio. Le parla allora di un suo lontano cugino, cui vent'anni fa è stato diagnosticato il cancro e che adesso è in perfetta salute. Sarah se ne frega di quelle maledette guarigioni che tutti le sbattono in faccia, che le lanciano per farla stare buona, come un osso da rosicchiare. Non contano nulla per lei. Vorrebbe dirgli che sua madre invece è morta di quella malattia e lei sta soffrendo come un cane, e che se la può anche tenere, la sua finta compassione, perché lui non ha idea di che cosa significhi avere la bocca così piena di ulcere da non riuscire a mangiare, avere i piedi così doloranti che la sera non riesci più a camminare, essere così stanca che anche un solo scalino ti sembra insormontabile. Dietro la sua finta pietà, non gli importa affatto di sapere che tra qualche settimana perderai i capelli, che il tuo corpo è così magro che allo specchio ti spaventa, che hai paura di tutto, di soffrire, di morire, che di notte non dormi più, che vomiti tre volte al giorno e che certe mattine non sai neppure se riuscirai a reggerti in piedi. E allora vaffanculo a lui e ai suoi falsi scrupoli di coscienza. E anche a suo cugino.

Come al solito, Sarah si mostra cortese.

Johnson viene al sodo: vuole affiancarle un altro socio nel processo Bilgouvar. Sarah rimane ammutolita. Per qualche istante, non riesce neppure a protestare. Bilgouvar è suo cliente da anni, è perfettamente in grado di difendere i suoi interessi da sola. Johnson sospira, cita quella famosa riunione, l'unica alla quale Sarah si sia presentata in ritardo. Si era alzata all'alba per fare un esame in ospedale prima dell'orario di lavoro. L'apparecchio per la risonanza magnetica si era guastato. Che sfortuna, succederà una volta ogni tre anni, aveva detto il tecnico, mortificato. Sarah aveva fatto di tutto per recuperare il ritardo ed era arrivata trafelata quando la riunione era iniziata da pochi minuti. Ma ovviamente a Johnson tutto ciò non importa, non gli interessano le spiegazioni di Sarah. Per fortuna, Inès era presente. Sempre puntuale, perfetta, sottolinea lui. E poi c'è stata quella volta in cui Sarah si è sentita male nel corso di un'udienza che poi è stata rinviata, le ricorda. Quindi aggiunge, in tono mellifluo, quel tono che Sarah detesta più di ogni altra cosa, che *naturalmente capisce che la terapia le imponga dei vincoli,* che *tutti loro si augurano che si rimetta presto e bene* – Johnson è un vero campione in questo, nelle frasi a effetto che non significano nulla, che suonano vuote –, che pensa che lei *abbia bisogno di supporto,* perché in fondo *è proprio questa la vocazione dello studio, la sua essenza,* il *lavoro di squadra.* Perciò, *per sostenerla in questo momento difficile, ha deciso di affiancarle...* Gary Curst.

Se non fosse già seduta, Sarah sarebbe caduta.

Qualunque cosa – *qualunque* –, ma non questo.

Avrebbe preferito essere licenziata. Avrebbe preferito essere presa a schiaffi, insultata, almeno l'affronto sarebbe stato palese. Qualunque cosa, ma non questa estromissione, questa condanna a morte lenta e insopportabile. Si sente come un toro che sta per essere sacrificato al centro dell'arena. Protestare non servirà a niente, niente potrà cambiare le cose. Il suo destino è già scritto, Johnson ha deciso. Da malata, ai suoi occhi è diventata inutile. È un valore su cui non vuole più fare affidamento.

Il processo Bilgouvar... Curst non si farà pregare, le sottrarrà il suo cliente più importante. E Johnson lo sa. Quei due si sono alleati per darle il colpo di grazia prima che si rialzi da terra. Sarah vorrebbe chiamare aiuto, gridare *al ladro!* come quando gioca coi suoi figli. Ma è come urlare nel deserto. Nessuno può sentirla, nessuno verrà in suo soccorso. I banditi hanno vestiti eleganti, l'inganno non si vede, ha persino un'aria di rispettabilità. È una violenza chic, una violenza profumata, una violenza in abito a tre pezzi.

Gary Curst ha avuto la sua vendetta. Col processo Bilgouvar, diventerà il socio più potente dello studio, il successore ideale di Johnson. Lui non è malato, non è debole, anzi, è al top della forma, come un vampiro che ha succhiato sangue a sazietà.

Alla fine del colloquio, Johnson lancia a Sarah uno sguardo dispiaciuto, poi pronuncia quella frase crudele: mi sembri un po' stanca, dovresti andare a casa a riposarti.

Sarah torna nel suo ufficio, stravolta. Sapeva che avrebbe subito dei colpi, ma questo non se lo aspettava. Qualche giorno dopo, quando apprende la notizia, non è nemmeno stupita: Curst è stato nominato *managing partner*. Il posto più in alto è suo, subentrerà a Johnson alla guida dello studio. Quella nomina suona il rintocco funebre della carriera di Sarah.

Quel giorno, Sarah torna a casa a metà pomeriggio. È un momento del giorno che non conosce. La casa è vuota, tutto è immerso nel silenzio. Si siede sul suo letto e le lacrime cominciano a scorrere. Sarah piange pensando alla donna che è stata, che era ancora ieri, una donna forte e determinata, che sapeva quale fosse il suo posto nel mondo, e pensa che, adesso, il mondo l'ha abbandonata.

Non c'è più niente, ormai, che possa frenare la sua caduta.

La discesa è appena iniziata.

Stamattina, un filo si è spezzato.
È un evento che accade di rado.
Tuttavia è capitato.

È una catastrofe, uno tsunami
di scala microscopica,
che annulla la fatica di molte giornate.

Penso a Penelope allora,
che instancabile tesse
ogni giorno ciò che disfa la notte.

Devo ricominciare.

Il risultato sarà bello, il pensiero mi consola.
Non perdere il filo,
devo aggrapparmi a quello.

Rifare tutto e poi continuare.

Smita

Varanasi, Uttar Pradesh, India

Smita si sveglia di soprassalto sul marciapiede dove si è assopita, con la piccola Lalita accoccolata contro di lei. Spuntano le prime luci dell'alba. Centinaia di persone stanno correndo verso un treno appena arrivato, trascinando con sé tutto ciò che incontrano. In preda al panico, Smita sveglia la bambina.

Vieni!
È arrivato il treno!
Svelta!

Raccoglie in fretta tutte le loro cose; ha dormito sopra il sacco, per proteggerlo dai ladri. Afferra la mano di Lalita e corre verso le carrozze di terza classe. C'è una folla immensa sui binari, una marea umana, la gente si accalca, si spintona, si calpesta. *Chalo, chalo!* sente urlare ovunque. Andiamo, andiamo! Smita si aggrappa alla porta del treno, la folla preme ma lei tiene duro. Cerca di far salire per prima Lalita, teme che la piccola rimanga schiacciata dai passeggeri impazienti. Colta da un dubbio improvviso, si volta verso l'uomo magro accanto a lei. È il treno che va a Chennai? urla.

No! Va a Jaipur! risponde lui. Non bisogna fidarsi dei cartelli, spesso sono sbagliati, aggiunge.

Smita prende Lalita, che è praticamente salita in carrozza, e torna sui suoi passi facendosi largo a stento tra la folla, come un salmone che risale la corrente.

Dopo vari andirivieni e diverse informazioni contraddittorie, e dopo un vano tentativo di chiedere a un poliziotto, Smita e Lalita finalmente trovano il treno diretto a Chennai. Si arrampicano nel vagone blu della *sleeper class*, una carrozza senza aria condizionata, con sedili vecchissimi e piena di topi e scarafaggi. S'infilano a fatica in uno scompartimento sovraffollato e trovano posto in uno spazio minuscolo su una panca di legno. Ci sono già venti persone ammucchiate in quei pochi metri quadrati. Sopra, i ripiani per i bagagli sono occupati da uomini e donne con le gambe penzoloni nel vuoto. Il viaggio si prospetta lungo, dovranno percorrere più di duemila chilometri in queste condizioni. È un treno locale, meno caro di un espresso, ma procede lentamente e ferma in tutte le stazioni. Che follia attraversare l'India, pensa Smita. Qui, su queste carrozze d'infima classe, c'è l'umanità intera, ammucchiata, asfissiante, sfinita. Ovunque ci sono famiglie, neonati, vecchi, per terra o in piedi, così stretti da non potersi muovere.

Le prime ore di viaggio trascorrono tranquille. Lalita dorme e Smita sprofonda in un dormiveglia senza sogni. La piccola si risveglia di colpo: deve fare urgentemente i suoi bisogni. Smita prova a farsi strada assieme a lei verso l'estremità della carrozza. È un'operazione rischiosa, è quasi impossibile non calpestare i passeggeri seduti per terra. Nonostante le precauzioni, Smita pesta un piede a un uomo, che inveisce furiosamente contro di lei.

Riescono infine a raggiungere la porta del bagno, che però è chiusa a chiave. Smita cerca di aprirla, bussa varie volte. Inutile insistere, dice una donna senza denti e con la pelle rugosa come una pergamena, seduta a terra. Sono chiusi lì dentro da due ore. Una famiglia intera che cercava un posto per riposare. Non usciranno di lì prima della fine del viaggio, dice la donna. Smita continua a bussare, minacciando e implorando. Sgolarsi non servirà a nulla, altri ci hanno già provato, aggiunge la vecchia.

Mia figlia ha davvero bisogno del bagno, sussurra Smita. La vecchia senza denti indica un punto appartato della carrozza: se vuole, può farla lì, altrimenti dovrà aspettare la prossima fermata. Lalita è come paralizzata, non vuole fare i suoi bisogni davanti agli altri passeggeri. A soli sei anni, ha già un forte senso della dignità. Smita le spiega che non ha altra scelta. Non possono correre il rischio di scendere dal treno, le fermate sono troppo brevi. Alla stazione precedente, una famiglia è rimasta bloccata: il marciapiede era gremito di gente e non sono riusciti a risalire. Il treno è ripartito senza di loro, abbandonandoli in mezzo al nulla, in una stazione sperduta, senza bagagli.

Lalita scuote la testa. Preferisce resistere. Tra un'ora o due faranno una sosta più lunga, a Jabalpur. Aspetterà fino a lì.

Mentre tornano al loro posto, un odore pestilenziale invade la carrozza, un tanfo di urina mista a escrementi. Succede in tutte le stazioni in cui il treno si ferma: gli abitanti delle città hanno l'abitudine di fare i propri bisogni vicino alle rotaie. Smita conosce bene questo odore, un odore sempre uguale, che non ha confini e che non fa distinzioni di classe, di casta o di ricchezza. Ma, anche se è abituata, trattiene il fiato, come ha fatto infinite volte durante i suoi giri al villaggio. Con un fazzoletto copre il suo naso e quello di Lalita.

Mai più. Lo ha promesso. Basta con questa vita in apnea. D'ora in poi, respireranno liberamente, con dignità.

Il treno riparte. L'odore immondo svanisce, facendo posto alla puzza, meno opprimente ma pur sempre nauseante, dei corpi ammassati e sudati. Tra poco sarà mezzogiorno e negli scompartimenti gremiti, in cui solo un piccolo ventilatore smuove l'aria fetida, il caldo è diventato insopportabile.

Smita dà un po' d'acqua a Lalita e ne beve un sorso anche lei.

Le ore scorrono lente nel torpore umido del treno. Qualcuno lucida le scarpe in mezzo allo scompartimento. Altri guardano il paesaggio attraverso la porta socchiusa o si aggrappano ai finestrini sperando in una boccata d'aria fresca, anche se la sola cosa che entra è un flusso soffocante di aria tropicale. Un uomo fa avanti e indietro nel treno recitando preghiere e versando acqua sulla testa dei passeggeri a mo' di benedizione. Un mendicante striscia a terra elemosinando qualche spicciolo e racconta la sua triste storia a chiunque abbia voglia di ascoltarlo. Un tempo lavorava nei campi con la sua famiglia, nel Nord, finché un giorno dei ricchi proprietari terrieri non sono venuti a cercare suo padre, che gli doveva dei soldi. L'hanno picchiato, gli hanno spezzato le braccia e gli hanno cavato gli occhi, prima di appenderlo per i piedi davanti a tutta la sua famiglia. Lalita rabbrividisce sentendo quella storia terribile. Smita inveisce contro il mendicante: che vada a strisciare altrove, qui ci sono dei bambini.

Vicino a lei, una donna formosa madida di sudore racconta che si sta recando a portare offerte al tempio di Tirupati. Smita si risveglia dal torpore. Suo figlio era gravemente malato, al punto che i medici avevano gettato la spugna. Un guaritore le aveva consigliato di fare un sacrificio in un tempio e suo figlio si era rimesso. Ora sta andando a ringraziare Viṣṇu per quel miracolo, depositando cibo e corone di fiori ai piedi della sua statua. Per farlo, ha intrapreso un pellegrinaggio di migliaia di chilometri. Si lamenta delle condizioni del viaggio, ma così vanno le cose: è dio che stabilisce la difficoltà del cammino che conduce a lui.

Cala il buio. Nella carrozza, tutti si preparano per affrontare al meglio la notte. Le panche di legno si trasformano in cuccette, in cui tuttavia è complicato trovare sonno. Smita riesce infine a addormentarsi, stretta al corpicino di Lalita, vicino alla donna prosperosa. Ripensa alla promessa fatta a Viṣṇu prima di affrontare questo viaggio. Deve tener fede alla parola data, riflette.

E allora prende una decisione, qui, in questa cuccetta di legno, in questa notte buia, da qualche parte tra lo Stato del Chhattisgarh e l'Andhra Pradesh: domani, lei e Lalita non proseguiranno il loro viaggio per Chennai, come aveva programmato. Quando il treno fermerà alla stazione di Tirupati, scenderanno e si dirigeranno alla montagna sacra per rendere omaggio al loro amato dio. Smita si addormenta con questo pensiero, e d'un tratto si sente in pace: Viṣṇu le sta aspettando.

Il suo dio è qui, vicinissimo.

Giulia

Palermo

Giulia ha raggiunto Kamal in strada, in piena notte. Di fronte a lui, all'improvviso si sente turbata. Che cosa le dirà? Che la ama? Che non vuole che si separino? Di sicuro cercherà di farle cambiare idea, d'impedire quel matrimonio insensato. Come nelle telenovele che la mamma guarda dalla mattina alla sera, Giulia si aspetta abbracci struggenti, saluti strazianti... ma l'addio è inevitabile.

Kamal, però, non è in lacrime. Non è neppure commosso. Sembra più che altro agitato, impaziente. Parla a voce bassa, velocemente, col tono di chi sta confidando un segreto.

Forse ho una soluzione per il laboratorio, le dice.

Senza altre spiegazioni, le prende la mano e la trascina verso il mare, nella grotta che ospita i loro incontri.

Al buio, Giulia fatica a distinguere il volto di Kamal. Ha letto la sua lettera, le dice lui: la chiusura del laboratorio non è inevitabile, gli è venuta un'idea che potrebbe salvarlo. Lei lo guarda, incredula. Quale strana energia si è impossessata di lui? Kamal, di solito così tranquillo, è in preda a una strana frenesia. Lui prosegue: ai sikh è proibito tagliarsi i capelli, le spiega, ma per gli indù non è così. Nel suo Paese, migliaia di fedeli si tagliano i capelli nei templi per offrirli in dono alle loro divinità. L'atto di rasarsi la testa è considerato sacro; i capelli, invece, non lo sono, e infatti vengono raccolti e rivenduti nei mercati. Per alcuni è diventato un vero e proprio commercio. Se qui la materia prima scarseggia, allora devono procurarsela laggiù. Importarla. È l'unica soluzione.

Giulia non sa che cosa dire, oscilla tra sbigottimento e incredulità. Il progetto di Kamal le sembra assurdo. Capelli indiani, che idea bizzarra... Certo, lei saprebbe come lavorarli. Conosce la formula chimica di suo padre, sa come decolorarli fino a farli diventare bianchi come il latte per poterli ritingere. Ha le conoscenze e le capacità necessarie. Ma l'idea la spaventa. Importare... la parola ha un suono barbaro, quasi appartenesse a una lingua straniera, una lingua estranea al mondo dei laboratori artigianali. I capelli utilizzati dai Lanfredi sono siciliani, è sempre stato così, sono capelli locali, capelli di questa terra.

Quando una sorgente si prosciuga, bisogna cercarne un'altra, replica Kamal. Se da un lato gli italiani hanno smesso di conservare i capelli, gli indiani, invece, li regalano! Migliaia di persone si recano in quei templi e ogni anno vengono vendute tonnellate di capelli. È una manna quasi inesauribile.

Giulia non sa che cosa pensare. L'idea la affascina e, un istante dopo, le sembra irrealizzabile. Kamal insiste, sostiene di poterla aiutare: parla la lingua del posto, conosce il Paese, potrebbe fare da collegamento tra l'India e l'Italia. Quest'uomo è meraviglioso, sembra convinto che tutto sia possibile, pensa Giulia. Vorrebbe non essere così scettica e negativa.

Con la testa che sembra in fiamme, la giovane torna a casa. La sua mente si agita come una scimmia in una gabbia, non c'è verso di calmarla. Inutile provare, non riuscirà mai a riaddormentarsi. Allora accende il computer e trascorre il resto della notte a fare ricerche febbrili.

Kamal ha detto la verità. Su Internet, Giulia trova tantissime immagini d'indiane e indiani nei templi. Animati dalla speranza di un buon raccolto, di un matrimonio felice o di una salute migliore, migliaia di uomini e donne offrono i propri capelli alle divinità. Si tratta per la maggior parte di persone poverissime o d'intoccabili, che non possiedono altra ricchezza che le loro capigliature.

A un certo punto, s'imbatte in un articolo su un imprenditore inglese che ha fatto fortuna importando capelli. L'uomo, che ora è famoso in tutto il mondo e si sposta in elicottero, si fa recapitare tonnellate di capelli indiani nella sua fabbrica vicino a Roma. La merce arriva all'aeroporto di Fiumicino e da lì viene spedita nella zona industriale a nord della capitale, dove viene lavorata all'interno di grandi fabbriche. I capelli indiani sono i migliori al mondo, afferma l'inglese. Intervistato sul bordo della piscina della sua villa romana, spiega come i capelli vengano prima disinfettati e districati, quindi immersi in una soluzione depigmentante per poi essere tinti di biondo, castano, rosso o mogano, diventando così in tutto e per tutto identici ai capelli europei. Trasformiamo l'oro nero in oro biondo, dichiara compiaciuto l'imprenditore. Le ciocche vengono quindi classificate in base alla lunghezza, riunite in lotti e infine spedite in tutto il pianeta, dove vengono trasformate in extension e parrucche. Cinquantatré Paesi, venticinquemila saloni da parrucchiere: le cifre sono da capogiro! La sua azienda è diventata una multinazionale. All'inizio, ammette, la gente rideva di lui e della sua folle iniziativa. Ma la ditta aveva continuato a crescere a ritmi eccezionali. Attualmente, conta più di cinquecento operai, impianti di produzione sparsi in tre continenti e controlla l'ottanta per cento del mercato globale dei capelli, conclude orgoglioso.

Giulia è perplessa. A sentire quell'uomo, sembra tutto facile. Ma lei sarebbe in grado di fare lo stesso? Riuscirebbe a sostenere un simile *tour de force*? Chi si crede di essere per tentare un'impresa del genere? Non sarà un'utopia trasformare il laboratorio di famiglia in un'attività industriale? Eppure, quell'inglese ce l'ha fatta. Se ci è riuscito lui, perché lei dovrebbe essere da meno?

Una domanda, più di ogni altra, la tormenta: che cosa direbbe suo padre? Sarebbe d'accordo nel tentare quella nuova strada? Ha sempre sostenuto che bisogna pensare in grande, essere audaci e intraprendenti. Al tempo stesso, è fieramente attaccato alle sue radici e alla sua identità. Sono capelli della nostra Sicilia, amava ripetere a chi era disposto ad ascoltarlo, indicando le ciocche. Rinnovarsi significherebbe dunque tradirlo?

Giulia ripensa alla foto del papà appesa in ufficio, accanto a quelle di suo padre e di suo nonno, le tre generazioni di Lanfredi che si sono succedute alla guida del laboratorio. E allora si dice che il vero tradimento sarebbe rinunciare. Buttare via il lavoro delle loro vite, non è forse questo il tradimento definitivo?

All'improvviso, Giulia decide di crederci. Non affonderanno. Il laboratorio non è perduto. E lei non sposerà Gino Battagliola. L'idea di Kamal è un dono, un'opportunità, un colpo di fortuna. Il naufragio è certo, si era detta l'altro giorno, davanti al cassetto del papà, ora invece ha l'impressione che una nave stia avanzando nell'oscurità per soccorrerli, lanciando loro un salvagente.

Pensa a Kamal e tutto d'un tratto capisce che non è stato il caso a farli incontrare, il giorno della festa di santa Rosalia. Lui le è stato mandato. Il cielo ha ascoltato la sua preghiera, e l'ha esaudita.

Ecco il segno, il miracolo che stava aspettando.

Smita

Tirupati, Andhra Pradesh, India

Tirupati! Tirupati!

Un uomo si è messo a urlare nella carrozza. Il treno sta per fermare alla stazione di Tirupati, i freni stridono sulle rotaie. Immediatamente, torrenti di pellegrini si riversano sui marciapiedi, carichi di coperte, bagagli, bicchieri di metallo, cibo, fiori, offerte, bambini portati in braccio, vecchi trasportati sulla schiena. Tutti si accalcano verso l'uscita, in direzione della collina sacra. Travolta da quel flusso torrenziale e incapace di lottare contro la corrente, Smita stringe forte la mano di Lalita. Temendo di perderla, alla fine la prende in braccio. La stazione sembra un formicaio gremito di decine di migliaia d'insetti. Cinquantamila pellegrini al giorno – fino a dieci volte di più nei giorni di festa – vengono a rendere omaggio a Sri Venkateswara, il Signore delle Sette Colline, una delle incarnazioni di Viṣṇu. Gli si attribuisce il potere di esaudire qualunque desiderio espresso di fronte a lui. La sua enorme statua è collocata dentro il santuario, in cima alla collina sacra che domina la città che si estende ai suoi piedi.

A contatto con quelle migliaia di anime devote, Smita è invasa da una sorta di esaltazione e, al tempo stesso, da un profondo timore. Si sente piccolissima, insignificante in mezzo a quella folla estranea e tuttavia animata dal suo stesso fervore. La gente viene qui mossa dalla speranza di una vita migliore o per rendere grazie per un desiderio esaudito: la nascita di un figlio, la guarigione di un parente, un raccolto abbondante, un matrimonio felice.

Per raggiungere il tempio, molti si dirigono verso gli autobus che portano i fedeli in cima alla montagna in cambio di quarantaquattro rupie. Tutti sanno, però, che il vero pellegrinaggio va fatto a piedi. Smita non ha percorso tutta questa strada solo per cedere alla tentazione della comodità. Si sfila i sandali e li toglie anche a Lalita, come vuole la tradizione. Sono in molti a farlo, in segno di umiltà, prima di affrontare la scalinata che conduce alle porte del tempio. Tremilaseicento gradini, circa quindici chilometri, ben tre ore di fatica! precisa un venditore di frutta seduto sul bordo della strada. Smita è preoccupata per Lalita, la piccola è stanca, hanno dormito pochissimo su quel treno scomodo e sovraffollato. Ma non importa, non possono più tornare indietro. Andranno al loro ritmo, anche a costo di metterci tutta la giornata. Viṣṇu le protegge, le ha condotte fin qui, non possono permettersi di fallire proprio ora che sono così vicine. Smita spende qualche rupia per comprare delle noci di cocco, che Lalita divora con gusto. Ne tengono da parte una che spezzano sul primo gradino, come offerta al dio, secondo la tradizione. Alcuni accendono candele che posano su ogni gradino – ci vuole coraggio e una grande forza di volontà per salire fino al tempio con la schiena piegata –, altri spargono pigmenti sciolti in acqua, che donano alla scalinata un colore brillante, porpora e ocra. I più devoti e determinati affrontano l'ascensione in ginocchio. Smita osserva una famigliola che avanza lentamente, contorcendo il viso in una smorfia di dolore a ogni gradino. Quanta abnegazione, pensa lei con una punta d'invidia.

Arrivate a un quarto del percorso, Lalita comincia a mostrare segni di stanchezza. Fanno una pausa per bere e riprendere fiato. Dopo un'ora di cammino, la bambina non ce la fa più. Smita si carica sulle spalle il suo corpicino leggero per proseguire l'ascesa. Non importa se anche lei è esile e al limite dello sfinimento, è decisa a raggiungere il suo obiettivo, concentrata sull'immagine di quel dio tanto amato che tra poco si troverà di fronte. Le sembra che Viṣṇu stia decuplicando le sue forze, per consentire a lei, Smita, di arrivare in cima e di prostrarsi davanti a lui.

Lalita dorme già da un pezzo quando Smita giunge alla fine della scalinata. Si siede per riprendere fiato davanti alle porte del tempio. Mura imponenti proteggono lo spazio sacro, una gigantesca struttura di granito bianco in stile dravidico svetta verso il cielo. Smita non ha mai visto niente di simile. Tirumala è un mondo a sé, più affollato di una città. La tradizione vieta di vendere alcol, carne e sigarette in questo luogo. Vi si accede pagando un biglietto. Il più economico costa dodici rupie, le dice un pellegrino anziano. Una folla immensa si accalca davanti alle biglietterie, all'interno delle quali, ogni tanto, spunta una faccia. Smita capisce allora che quel duro cammino è stato solo un assaggio di ciò che le attende. Dovranno aspettare ore prima di poter entrare nel santuario.

È tardi, il sole sta calando. Smita ha bisogno di riposarsi. Deve dormire un po', o perlomeno provarci. Tra gli innumerevoli venditori di fiori e di souvenir che stazionano fuori dalle porte del tempio, un uomo si avvicina a lei. Ha notato la sua aria confusa, la sua profonda stanchezza. Ci sono dei dormitori gratuiti riservati ai pellegrini, le dice. Se vuole, può mostrare loro la strada. La scruta con attenzione, il suo sguardo si sofferma su Lalita. Si offre di accompagnarle, in cambio di qualche piccolo favore... Smita afferra la mano di sua figlia e la trascina lontano da quel predatore. Eppure aveva un viso così gentile, come quello di un angelo... È scossa da un brivido al pensiero di passare la notte all'aperto; due donne sole sono prede facili. Devono assolutamente trovare un rifugio per la notte. È una questione di sopravvivenza. Sul bordo della strada, un *sadhu* vestito con un *longhi* giallo, il colore dei viṣṇuiti, le indica la direzione da prendere.

Il primo dormitorio è chiuso, il secondo è al completo. All'entrata del terzo, una vecchia le dice che è rimasto un solo letto. Non importa. Smita e Lalita hanno condiviso così tante cose che ormai è come se fossero una persona sola. Entrano nella camerata fatiscente in cui sono sistemate decine di giacigli, si sdraiano l'una accanto all'altra e, nonostante il chiasso, piombano in un sonno profondo.

Sarah

Montréal, Canada

Sarah non si alza dal letto da tre giorni.

Ieri ha telefonato al medico per farsi mettere in malattia, per la prima volta nella sua carriera. Non vuole tornare al lavoro. Non sopporta l'ipocrisia, l'emarginazione di cui è oggetto.

Prima è venuta la negazione, l'incredulità. Poi c'è stata la rabbia, una furia incontenibile che si è impossessata di lei. Quindi è stato il turno dello sconforto, uno sconforto smisurato, come una piana deserta senza possibilità di fuga.

Sarah è sempre stata padrona delle sue scelte, della sua vita, era una *executive woman*, come si dice qui, una persona « che gode di una posizione dominante all'interno di un'azienda o di una compagnia, che prende decisioni e fa in modo che siano rispettate ». D'ora in poi, il suo destino è subire. Sarah si sente tradita, come una moglie ripudiata che viene scacciata perché è stata incapace di fare il suo dovere, perché giudicata inadatta, inutile, sterile.

Lei che ha abbattuto il soffitto di cristallo si scontra ora col muro invisibile che separa il mondo dei sani da quello dei malati, dei deboli, dei vulnerabili, cui ormai appartiene. Johnson e gli altri stanno celebrando il suo funerale. Hanno gettato il suo corpo in una fossa e lo stanno seppellendo lentamente, a colpi di sorrisi, sotto palate di finta compassione. Professionalmente, Sarah è morta. E lo sa. Come in un incubo, assiste impotente al proprio funerale. E, anche se grida, anche se continua a ripetere che è ancora qui, viva, dentro la bara, è tutto inutile, nessuno può sentirla. Il suo calvario assume le sembianze di un sogno a occhi aperti.

Stanno mentendo, tutti quanti. Le ripetono *devi essere forte, te la caverai, siamo al tuo fianco,* ma le loro azioni dicono il contrario. L'hanno lasciata sola.

Come una cosa vecchia gettata nei rifiuti, è stata messa da parte.

Lei che ha sacrificato tutto in nome del lavoro, oggi viene sacrificata a sua volta sull'altare dell'efficienza, della produttività, del rendimento. Qui, o corri o muori. E allora che se ne vada pure a morire.

Il piano non ha funzionato. Il muro che aveva eretto è crollato, abbattuto a colpi di dinamite dall'ambizione di Inès, appoggiata da quella di Curst, con la benedizione di Johnson. Sarah pensava che lui l'avrebbe difesa, o che almeno ci avrebbe provato. E invece l'ha abbandonata senza rimpianti. L'ha privata dell'unica cosa che la teneva in piedi, la sola cosa che le dava la forza di alzarsi ogni mattina: il suo io sociale, la sua vita professionale, la sensazione di essere qualcuno, di avere un posto nel mondo.

Ciò che temeva di più, alla fine, è successo: Sarah è diventata il suo cancro. È la personificazione del suo tumore. In lei, gli altri non vedono più una donna di quarant'anni brillante, elegante, efficiente, bensì l'incarnazione della sua malattia. Per loro non è più un avvocato malato, è una malata che fa l'avvocato. C'è una differenza enorme. Il cancro fa paura. Ti isola, ti allontana dagli altri. Emana odore di morte. La gente preferisce distogliere lo sguardo, tapparsi il naso.

Un'intoccabile. Ecco che cos'è diventata. Una reietta della società.

Per questo non tornerà laggiù, nell'arena che l'ha condannata. Non permetterà loro di assistere alla sua caduta. Non si esibirà, non si darà in pasto ai leoni. C'è una cosa che non ha ancora perso: la sua dignità. La facoltà di dire di no.

Stamattina, non ha nemmeno toccato il vassoio della colazione che le ha preparato Ron. I gemelli sono venuti a darle un bacio e si sono infilati nel suo letto. Lei è rimasta immobile a contatto coi loro corpicini caldi e morbidi. Hannah l'ha supplicata, ha provato di tutto per convincerla ad alzarsi, l'ha incoraggiata, minacciata, ha fatto leva sul suo senso di colpa, ma invano. La ragazzina sa che la troverà nella stessa posizione quando tornerà a casa stasera.

Sarah passa le giornate così, in uno stato di letargia morbosa, d'intorpidimento progressivo. Si lascia lentamente andare alla deriva, lontano dal mondo.

Come immagini di un film, le ultime settimane sfilano davanti a lei. Si domanda che cos'avrebbe potuto fare per cambiare il corso degli eventi. Probabilmente nulla. La partita è stata giocata senza di lei. Game over. Fine.

Fingere che vada tutto bene, che nulla sia cambiato, continuare a fare una vita normale, mantenere la rotta, resistere, recitare... Sarah pensava di esserne capace. Ha creduto di poter gestire la malattia come una delle sue cause, con metodo, impegno e determinazione. Ma non è bastato.

A metà tra il sonno e la veglia, Sarah immagina la reazione dei colleghi all'annuncio della sua morte. È un pensiero macabro, in cui però è dolce cullarsi, come quando si ascolta una melodia malinconica perché ci si sente tristi. Immagina le loro facce sconsolate, l'aria fintamente dispiaciuta. Diranno: *il tumore era maligno,* oppure: *sapeva di non avere speranze,* o, peggio ancora: *ha aspettato troppo,* rendendola in questo modo responsabile, se non addirittura colpevole, della sua sorte. Ma la verità è un'altra. Ciò che sta uccidendo Sarah, ciò che la consuma a fuoco lento non è solo il tumore che si è impossessato del suo corpo e che conduce quella danza crudele, dalle movenze imprevedibili; no, ciò che la sta uccidendo è l'abbandono da parte di coloro che considerava suoi pari, in quello studio di cui ha contribuito a costruire il prestigio. Era lo scopo, il senso della sua vita, il suo *ikigai*, come dicono i giapponesi: senza tutto questo, Sarah non esiste più. È solo un guscio vuoto, privato della sua sostanza.

Ancora non si capacita della sua ingenuità. Lei che temeva che la sua malattia destabilizzasse lo studio, si scontra oggi con la più crudele delle verità: lo studio va avanti benissimo anche senza di lei. Il suo posto riservato nel parcheggio sarà assegnato a qualcun altro, così come il suo ufficio. Si faranno la guerra per ottenerli. Questo pensiero la distrugge.

Il medico, preoccupato, le ha prescritto degli antidepressivi. Secondo lui, la depressione è una reazione molto diffusa all'annuncio di una malattia grave. È un fattore che incide negativamente sull'evoluzione del cancro. Deve riprendersi al più presto. Stupido idiota, ha pensato Sarah. Non è lei a essere malata, è l'intera società ad aver bisogno di cure. Invece di proteggere i più deboli, di stare al loro fianco, volta loro le spalle, come quei vecchi elefanti lasciati indietro dal branco e condannati a una morte solitaria. In un libro per bambini dedicato agli animali, un giorno aveva letto questa frase: « I carnivori sono utili per la natura perché divorano i deboli e i malati ». Sua figlia era scoppiata a piangere. Sarah l'aveva consolata dicendole che gli esseri umani non ubbidiscono a quella legge. Credeva di essere al riparo, in un mondo civile. Ma si sbagliava.

E allora che gliene prescrivano pure quante vogliono, di pillole, tanto non servirà a nulla. Tanto ci sarà sempre un Johnson o un Curst pronto a ricacciarle la testa sott'acqua.

Bastardi.

I bambini sono usciti, la casa è di nuovo silenziosa. Sarah si alza. Camminare fino al bagno è l'unica cosa che è in grado di fare al mattino. Nello specchio, la sua pelle è pallida come un foglio di carta e così sottile che la luce sembra attraversarla. Ha le costole sporgenti e le gambe che sembrano due stecchini pronti a spezzarsi al primo passo falso, come fiammiferi. Prima, Sarah aveva gambe meravigliose e un fondoschiena da favola, esaltato dai tailleur eleganti, e il suo seno era un'autentica arma di seduzione. Inutile negarlo: Sarah piaceva agli uomini. Erano in pochi a resisterle. Aveva avuto diverse avventure, qualche storia, e persino due grandi amori: i suoi due mariti, soprattutto il primo, che aveva amato con tutta se stessa. Chi la troverebbe attraente, adesso, con quel viso smorto, quel corpo scheletrico, avvolta in una tuta troppo larga, come il lenzuolo di un fantasma? La malattia prosegue la sua opera di erosione; tra non molto, sarà costretta a indossare i vestiti di sua figlia, taglia dodici anni... sarà ridotta a mettersi abiti da bambina. Che desiderio potrebbe accendere, in queste condizioni, e negli occhi di chi? All'improvviso, Sarah pensa che darebbe qualunque cosa perché qualcuno la stringesse. Per sentirsi donna, ancora per qualche istante, tra le braccia di un uomo. Sarebbe così bello.

Un seno da asportare. All'inizio, non ha voluto ammetterlo: troppo dolore, troppa sofferenza. Come sempre, ha steso un velo sulla cosa, nel vano tentativo di tenerla a distanza, lontana dalla vista.

È una cosa da nulla, al giorno d'oggi la chirurgia plastica fa miracoli, si ripeteva. La parola, però, le è parsa subito mostruosa. *Ablazione*. Una parola che fa rima con punizione, aggressione, mutilazione, amputazione, demolizione. Forse anche guarigione, se sarà fortunata? Nessuno può garantirglielo. Quando ha detto a Hannah della malattia, la ragazzina è sembrata molto triste. Ha riflettuto qualche istante e poi le ha detto: sei un'amazzone, mamma. Un po' di tempo prima aveva scritto un tema sull'argomento, che Sarah aveva corretto.

Se lo ricorda ancora: « *Amazzone* è una parola che viene dal greco *mazos*, 'mammella', preceduto da *a-*, 'priva di'. Queste donne dell'antichità si tagliavano il seno destro per poter tirare più facilmente con l'arco. Erano un popolo di guerriere, combattenti temute e rispettate che si univano agli uomini dei popoli vicini per riprodursi, ma che crescevano i figli da sole. Assumevano gli uomini per svolgere i lavori domestici. Combattevano molte guerre e spesso ne uscivano vincitrici ».

Ma la sua guerra, purtroppo, Sarah non sa se la vincerà. Questo corpo che per anni ha maltrattato, ignorato, questo corpo che ha trascurato, cui ha fatto patire il sonno e la fame – non c'è tempo per dormire, non c'è tempo per mangiare –, oggi si prende la sua rivincita. Le ricorda che esiste, e lo fa nel modo più crudele. Sarah non è altro che un'ombra, un surrogato di se stessa, un pallido riflesso della donna che è stata, che lo specchio, spietato, le rimanda.

Sono i capelli, più di ogni altra cosa, a addolorarla. Ne perde a ciocche, ormai. L'oncologo – sinistro oracolo – l'aveva avvisata: alla seconda seduta di chemioterapia cominceranno a cadere. Sarah stamattina ha trovato altre vittime sul cuscino. È la cosa che la spaventa di più. L'alopecia è l'incarnazione della malattia. Una donna calva è una donna malata, e non importa se indossa un maglione stupendo, tacchi a spillo, una borsa all'ultima moda; nessuno li noterà, perché la sola cosa che tutti vedranno sarà quel cranio nudo che è come una confessione, una prova, un'ammissione della sofferenza. Un uomo rasato può essere attraente, una donna calva è solo malata, pensa Sarah.

E così, alla fine, il cancro si è preso tutto: il suo lavoro, il suo aspetto, la sua femminilità.

Ripensa a sua madre, portata via dallo stesso male. E si dice che forse dovrebbe tornare a letto e spegnersi in silenzio, raggiungerla laggiù, nella sua dimora sottoterra, unirsi a lei nel riposo eterno. È un pensiero malsano, ma confortante. A volte è dolce pensare che prima o poi tutto finisce, che anche il peggiore dei tormenti può svanire così, di punto in bianco, magari domani.

Quando pensa a lei, la prima cosa che le viene in mente è la sua eleganza. Nemmeno nei momenti peggiori sua madre è mai uscita di casa senza truccarsi, pettinarsi, o con le unghie non laccate. Le unghie erano un dettaglio fondamentale per lei; lo ripeteva spesso: bisogna sempre avere mani curate. Per molti non significa nulla, è solo una civetteria, una cosa senza importanza, ma per lei era un segno, un gesto che significava: ho ancora tempo da dedicare a me stessa; sono una donna attiva, piena d'impegni, ho tre figli, (il cancro), delle responsabilità, la quotidianità mi opprime, ma non mi sono arresa, non sono scomparsa, sono ancora qui, femminile e curata, integra, guardate le mie dita, sono qui, esisto.

Anche Sarah esiste. Davanti allo specchio, guarda le sue unghie rovinate, i suoi capelli radi.

E all'improvviso sente vibrare qualcosa, nel profondo di sé, come se una minuscola parte di lei rifiutasse di lasciarsi condannare. No, non ha intenzione di scomparire. Non ha intenzione di arrendersi.

È un'amazzone, ecco chi è. Una guerriera, una combattente. Un'amazzone non si lascia andare. Si batte sino alla fine, senza mollare mai.

Deve ricominciare a combattere, riprendere la lotta. In nome di sua madre, di sua figlia, in nome dei gemellini che hanno bisogno di lei. In nome di tutte le guerre che ha combattuto. Deve tenere duro. Non tornerà nel suo letto, non si abbandonerà alle lusinghe della morte che le tende le braccia. Non si lascerà seppellire. Non oggi.

Si veste in fretta. Per nascondere i capelli, prende un berretto dall'armadio, un berretto dimenticato lì dai bambini, con l'immagine di un supereroe. Non importa, terrà caldo.

Sarah esce di casa. Fuori sta nevicando. Ha indossato un cappotto sopra tre maglioni infilati l'uno sopra l'altro. Vestita così sembra minuscola, somiglia a una pecora scozzese piegata sotto il peso della sua lana aggrovigliata.

Sarah si allontana da casa. Ha deciso: il momento è adesso.

Sa esattamente dove vuole andare.

Giulia

Palermo

Gli italiani vogliono capelli italiani.

La frase si abbatte come una mannaia. Nel salotto di casa, Giulia ha appena finito di esporre alla madre e alle sorelle il suo progetto d'importare capelli indiani per salvare il laboratorio.

Nei giorni precedenti, ha lavorato alacremente per mettere a punto il suo piano. Ha fatto un'indagine di mercato, preparato i documenti per la banca: serviranno per forza dei soldi. Ha lavorato giorno e notte, sacrificando il sonno, ma non le importa: si sente investita di una missione quasi divina. Ignora da dove venga questa energia, questa fiducia improvvisa. Sarà la presenza benevola di Kamal? Oppure suo padre che, dal profondo del coma, le trasmette un po' della sua forza e della sua speranza? Giulia si sente pronta a smuovere le montagne, dagli Appennini fino all'Himalaya.

Non è la prospettiva del guadagno ad attrarla: non sa che farsene dei milioni di cui l'imprenditore inglese si vanta tanto, non vuole né una piscina né un elicottero. Tutto ciò che desidera è salvare il laboratorio di suo padre e mettere al sicuro la sua famiglia.

Non funzionerà, dice la mamma. I Lanfredi si sono sempre riforniti in Sicilia, da queste parti la cascatura è un'usanza antica. Non si sovverte impunemente la tradizione.

La tradizione le porterà alla rovina, replica Giulia. I conti sono impietosi: il laboratorio fallirà entro un mese. Devono rinnovare il processo produttivo, aprirsi ai mercati internazionali. Accettare il fatto che il mondo sta cambiando e cambiare assieme a lui. Le imprese familiari che rifiutano di evolversi chiudono l'una dopo l'altra in tutto il Paese. Al giorno d'oggi bisogna pensare in grande, guardare oltre le frontiere, è una questione di sopravvivenza! Rinnovarsi o morire, non c'è altra scelta. Mentre parla, Giulia prende coraggio, si sente come un avvocato in tribunale nel mezzo di un grande processo. Quel mestiere riservato alle persone colte, dell'alta società, l'ha sempre affascinata. Tra i Lanfredi non ci sono avvocati, soltanto operai, eppure le sarebbe piaciuto difendere cause importanti, essere una donna potente, di classe. Ogni tanto quel pensiero la sfiora, ma raggiunge presto il limbo dei sogni mai realizzati.

Con fervore, Giulia elogia le qualità della capigliatura indiana, riconosciute da molti esperti: i capelli asiatici sono i più resistenti e gli africani i più fragili, ma i capelli indiani sono senza dubbio i migliori, sia per consistenza sia per versatilità. Una volta decolorati e tinti, diventano perfettamente identici ai capelli europei.

Francesca s'intromette nella discussione: è d'accordo con la mamma, il suo progetto non funzionerà. Gli italiani non vorranno mai comprare capelli d'importazione. Giulia è tutt'altro che sorpresa. Sua sorella appartiene alla cerchia degli scettici, di coloro che vedono tutto nero, tutto grigio, che dicono *no* prima ancora di aver pensato *sì*. Di coloro che notano sempre il particolare che stride, la macchiolina minuscola sulla tovaglia, che esaminano la superficie dell'esistenza alla ricerca di un'irregolarità da grattare, come se traessero piacere da quelle note stonate nella sinfonia del mondo, come se ne facessero la propria ragione di vita. È un'immagine speculare di Giulia, una sua versione al negativo, nel senso fotografico del termine: la sua luminanza è inversamente proporzionale a quella della sorella minore.

Se gli italiani non li vogliono, si apriranno ad altri mercati, insiste Giulia: Stati Uniti, Canada, il mondo è grande, e ha bisogno di capelli! Quello delle extension e delle parrucche è un settore in piena espansione. Bisogna cavalcare l'onda, invece di farsi sommergere.

Francesca non le risparmia né i suoi dubbi né le sue perplessità: non è una che le manda a dire. Come pensa di fare, lei che non ha mai messo piede fuori dall'Italia, che non ha mai preso un aereo? Lei che in vita sua non ha mai visto altro che la baia di Palermo, come pensa di affrontare quel *tour de force*? Di realizzare quel miracolo?

Ma Giulia non vuole rinunciare al suo sogno. Internet ha azzerato le distanze, il mondo è diventato piccolo, possono tenerlo in una mano, come la sfera luminosa che avevano ricevuto in dono da bambine. L'India è vicina, il subcontinente è qui, dietro l'angolo. Ha studiato a lungo i prezzi, conosce le quotazioni dei capelli, non è vero che il suo progetto è irrealizzabile. Richiede solo un po' di coraggio e di fiducia. E lei ne ha da vendere.

Adele non dice nulla. Seduta in un angolo, assiste al duello tra le sue sorelle. In qualunque situazione, lei rimane neutrale, indifferente a ciò che fanno gli altri. In una parola, adolescente.

Devono chiudere il laboratorio e rivendere i locali, insiste Francesca. In questo modo, potranno estinguere una parte dell'ipoteca che pende sulla casa. E di cosa vivranno? replica Giulia. Pensa forse che sia facile trovare un lavoro? E alle operaie, ci ha pensato? Quale futuro attende quelle donne che hanno lavorato per loro per tutti questi anni?

La discussione diventa scontro aperto. Le voci alterate delle sorelle riempiono la casa. La mamma sa che dovrà intervenire. Non si sono mai capite, non sono mai andate d'accordo, pensa, amareggiata. Il loro rapporto non è altro che una lunga sequenza di conflitti, di cui questo è solo il culmine. Deve prendere una decisione per porre fine alla lite.

È vero che bisogna pensare alle operaie, è una questione di onore e di rispetto, dice la mamma. Ma su un punto Francesca ha ragione: *gli italiani vogliono capelli italiani*.

L'ultima frase suona il rintocco funebre del progetto di Giulia.

La ragazza esce di casa, sconsolata. Sapeva che avrebbe dovuto lottare per il suo progetto, ma mai avrebbe immaginato un'opposizione così ferma. Si sente come dopo una notte di baldoria, nauseata, disillusa. Senza l'appoggio della madre e delle sorelle, non può fare nulla. Hanno appena distrutto i suoi castelli in aria. Il suo entusiasmo si è sgretolato, ha ceduto il posto al dubbio e al timore.

Cerca rifugio in ospedale, al capezzale del padre. Che cos'avrebbe detto, che cos'avrebbe fatto lui in questa situazione? Cosa non darebbe per potersi nascondere tra le sue braccia, piangere a dirotto, come una bambina. La fiducia la sta abbandonando. Non sa più che cosa deve fare, se perseverare nel suo progetto o dimenticarlo, sacrificarlo sull'altare della ragione, in nome delle tradizioni dure a morire. Giulia è sconsolata, sfinita, così provata dalle notti insonni che potrebbe addormentarsi qui, su questo letto, accanto al padre. Dormire per cent'anni, come lui, ecco cosa vorrebbe.

Giulia chiude gli occhi.

E di colpo si ritrova lassù, sul tetto, nell'atelier. Suo padre è lì, seduto di fronte al mare, come ai vecchi tempi. Non sembra soffrire. Ha un'aria serena, in pace. Le sorride, come se la stesse aspettando. Giulia si siede al suo fianco. Gli parla delle sue pene, dei suoi tormenti, della sensazione d'impotenza che la soffoca. Gli dice che le dispiace tanto per il laboratorio.

Non permettere a nessuno di fermarti, vai sempre dritta per la tua strada, le dice lui. Non perdere mai la speranza. Tu sei forte, hai una volontà di ferro. Io credo in te e nelle tue capacità. Non devi mollare. La vita ha in serbo grandi cose per te.

Un suono stridulo rompe il silenzio. Giulia si sveglia di soprassalto. Si è assopita lì, accanto al padre, sul suo letto d'ospedale. Attorno a lui, le macchine che lo tengono in vita hanno iniziato a suonare. Le infermiere si precipitano nella stanza.

In quell'attimo preciso, in quell'istante esatto, Giulia sente la mano di suo padre muoversi.

Smita

Tempio di Tirupati, Andhra Pradesh, India

L'alba sorge sul monte Tirumala.

Smita e Lalita si sono unite alla fila di pellegrini all'ingresso del tempio. Un bambino si avvicina e offre loro dei *laddu,* dolcetti tondi fatti con frutta secca e latte condensato. Peso e composizione non variano; il dio in persona ne ha dettato la ricetta, precisa il bambino. Vengono preparati all'interno del tempio dagli *achaka,* sacerdoti il cui incarico si tramanda di padre in figlio, che li offrono ai pellegrini. Mangiarli fa parte del processo di purificazione. Smita ringrazia Viṣṇu per quel pasto provvidenziale. Rinvigorita dalle ore di sonno e dalla dolcezza dei *laddu,* si sente pronta per qualunque sacrificio. Non ha ancora detto a Lalita che cosa le aspetta all'interno del santuario. Se i più ricchi depongono le loro offerte di cibo e fiori, di gioielli, d'oro e di pietre preziose, i più poveri offrono a Sri Venkateswara l'unico bene che possiedono: i propri capelli.

È una tradizione millenaria: donare i capelli significa rinunciare al proprio ego, accettare di presentarsi al cospetto di dio nella veste più umile, più spoglia.

Dopo essere entrate nel tempio, Smita e Lalita si mettono in coda nei corridoi delimitati da reti, dove milioni di *dalit* aspettano il proprio turno anche per giorni interi. L'attesa è lunga, fino a quarantott'ore, le dice un uomo seduto per terra all'ingresso. I più benestanti possono acquistare un biglietto per saltare la fila. Intere famiglie dormono lì, per non perdere il proprio posto. Dopo ore interminabili passate in quelle gabbie improvvisate, Smita e sua figlia finalmente raggiungono il *kalyanakatta*, un gigantesco edificio di quattro piani dove centinaia di barbieri lavorano giorno e notte. Un vero formicaio. Il più grande salone di parrucchieri del mondo, si dice da queste parti. Farsi rasare il capo costa quindici rupie, apprende Smita. Nulla è gratis, è proprio il caso di dirlo.

A perdita d'occhio, nella stanza immensa, centinaia di uomini, di donne con neonati al collo, di vecchi e di bambini passano sotto i rasoi dei barbieri intonando preghiere rivolte a Viṣṇu. Vedendo quella moltitudine di teste rasate in sequenza, Lalita si spaventa. Si mette a piangere. Non vuole donare i suoi capelli, ci tiene troppo. Come per difendersi, stringe al petto la sua bambola di pezza, da cui per tutto il viaggio non si è mai separata. Smita si china su di lei e le sussurra all'orecchio, con dolcezza:

Non aver paura.

Dio è con noi.

I capelli ricresceranno, e saranno più belli di prima.

Non preoccuparti, lo farò prima io.

La voce delicata di sua madre la rassicura un po'. Osserva alcuni bambini cui è appena stata rasata la testa; si passano la mano sul cranio, ridendo. Non le pare che soffrano, anzi. Sembrano più che altro divertiti dal loro nuovo aspetto. La madre dei piccoli, anche lei appena rasata, unge le loro teste con olio di sandalo, un liquido giallo che serve a proteggere la pelle dal sole e dalle infezioni.

È il loro turno. Il barbiere fa cenno a Smita di venire avanti. Lei ubbidisce. S'inginocchia, chiude gli occhi e comincia a recitare una preghiera, pianissimo. Le parole che sussurra a Viṣṇu, qui, in mezzo a questa stanza immensa, sono il suo segreto. È un istante che appartiene soltanto a lei. Ci ha pensato per giorni. Ci pensa da una vita intera.

Con un gesto agile, il barbiere cambia la lama. Il supervisore del tempio è inflessibile su questo punto: una lama per ogni pellegrino. L'uomo racconta che nella sua famiglia il mestiere si tramanda da generazioni. Ogni giorno ripete gli stessi gesti, così tante volte da rivederli di notte, in sogno, quando immagina oceani di capelli in cui, a volte, si perde. Chiede a Smita di farsi una treccia; in questo modo, sarà più facile raccoglierli. Dopodiché le bagna il capo con l'acqua e comincia a rasarla. Lalita le rivolge un'occhiata preoccupata, ma Smita le sorride. Viṣṇu è con lei. È qui, vicinissimo.

E la benedice.

Mentre le ciocche cadono ai suoi piedi, Smita chiude gli occhi. Attorno a lei, in quell'identica posizione, migliaia di persone pregano per una vita migliore e offrono la sola cosa che il mondo abbia concesso loro, quei capelli, quell'ornamento, quel dono che hanno ricevuto dal cielo e che ora restituiscono, qui, a mani giunte, inginocchiate sul pavimento del *kalyanakatta*.

Quando Smita riapre gli occhi, il suo cranio è liscio come un uovo. Si rialza e, all'improvviso, si sente leggerissima. È una sensazione sconosciuta, quasi inebriante. Un brivido la scuote. Guarda i capelli che giacciono ai suoi piedi - un mucchietto nero come la pece -, come fossero uno scarto di lei, come fossero già un ricordo. Ora, la sua anima e il suo corpo sono puri. Si sente serena. Benedetta. Protetta.

Lalita viene avanti. Trema impercettibilmente. Smita le prende la mano. Mentre cambia la lama, il barbiere guarda ammirato la treccia della bambina, lunga fino alla vita. Ha capelli bellissimi, spessi, soffici come seta. Fissando gli occhi in quelli di sua figlia, Smita sussurra assieme a lei la preghiera che hanno recitato infinite volte davanti al piccolo altare, nella baracca, a Badlapur. Pensa alla loro condizione e si dice che oggi sono povere, ma che forse, un giorno, Lalita possiederà un'automobile. A questo pensiero, Smita sorride, si sente forte. La vita di sua figlia sarà migliore della sua, grazie a questa offerta fatta qui, oggi.

Fuori dal *kalyanakatta* la luce è abbagliante. Senza capelli, i visi di Smita e di Lalita si somigliano più di prima, più di quanto si siano mai somigliati. Sembrano più giovani, più minute. Si tengono per mano, si sorridono. Ce l'hanno fatta. Il miracolo è avvenuto. Smita sa che Viṣṇu manterrà la sua promessa. A Chennai, i suoi cugini le aspettano. Da domani comincia una nuova vita.

Mentre si dirige verso il santuario dorato, la mano di sua figlia nella sua, Smita non si sente triste. No, davvero, non è triste, perché di una cosa è sicura: dio saprà mostrarsi riconoscente per la loro offerta.

Giulia

Palermo

«Non sapevano che fosse impossibile, allora l'hanno fatto.»

Questa frase di Mark Twain che aveva letto da piccola e che le era subito piaciuta tantissimo le è sempre rimasta impressa. Oggi, sulla pista dell'aeroporto Falcone e Borsellino, le è tornata in mente. Giulia attende emozionata l'arrivo di quell'aereo che proviene dall'altro capo del mondo e che, dentro, trasporta il suo primo carico di capelli.

Il papà non si è svegliato. È morto quel giorno, in ospedale, mentre lei era al suo fianco, dopo quello strano sogno di cui si ricorderà per tutta la vita. Poco prima di andarsene, lui le ha stretto forte la mano, come in un addio. Come a dirle: *fallo*. Le ha passato il testimone. Giulia lo sa. Mentre i medici provavano a rianimarlo, lei gli ha promesso che avrebbe salvato il laboratorio. Era il loro segreto.

Giulia ha insistito per organizzare la cerimonia religiosa nella chiesetta cui era tanto legato. La mamma ha protestato: la sala è troppo piccola, la gente non riuscirà a sedersi, ha detto. Pietro aveva tantissimi amici, era amato da tutti, e poi c'erano i parenti, che sarebbero venuti da ogni angolo dell'isola, e le operaie... Non importa, staranno in piedi, ha detto Giulia. La mamma alla fine ha ceduto.

Da un po' di tempo sua figlia le sembra diversa, irriconoscibile. Lei, che di solito è così ubbidiente, docile, pacata, si è rivelata incredibilmente ostinata. Una determinazione sconosciuta si è impadronita di lei. Non ha accettato di arrendersi, ha continuato a lottare per salvare la ditta. Per superare lo stallo, ha proposto di far votare le operaie. Non è una novità, è già successo in altre aziende in crisi, ha detto Giulia. Inoltre è giusto chiedere il loro parere. La questione riguarda tutte. La mamma era d'accordo. Le sorelle non si sono opposte.

Perché le più anziane non influenzassero le più giovani, hanno deciso che il voto sarebbe stato espresso a scrutinio segreto. Le operaie sono state invitate a scegliere tra un nuovo orientamento dell'azienda, che avrebbe previsto l'acquisto di capelli indiani, oppure la chiusura e il licenziamento, addolcito da una magra indennità. Naturalmente la prima opzione avrebbe comportato rischi inevitabili, che Giulia non ha nascosto.

La votazione si è svolta nella grande sala del laboratorio. La mamma era presente, così come Francesca e Adele. Ma è stata Giulia a fare lo spoglio. Con mano tremante, ha aperto a uno a uno i foglietti depositati nel cappello del papà. È stata una sua idea, un estremo omaggio a suo padre. Così anche lui sarà con noi in questo giorno, ha detto.

Sette contro tre, la maggioranza ha deciso. Giulia ricorderà a lungo quel momento. Non è riuscita a nascondere la gioia che ha provato.

Tramite Kamal, ha trovato un contatto in India, un uomo che vive a Chennai e ha studiato Economia all'università. Setaccia il Paese e i templi alla ricerca di capelli da acquistare. È un abile commerciante, ma Giulia si è rivelata una negoziatrice tenace. Mia cara, sembra quasi che tu non abbia fatto altro in vita tua! scherza la Nonna.

A soli vent'anni, Giulia si ritrova alla guida del laboratorio di famiglia. Attualmente, è la più giovane imprenditrice del quartiere. Si è sistemata nell'ufficio di suo padre. Si sofferma spesso a guardare le tre foto appese alla parete. Non ha ancora avuto il coraggio di aggiungere la propria. Lo farà quando sarà il momento.

Quando si sente triste, sale lassù, sul tetto, nell'atelier. Si siede di fronte al mare e pensa a suo padre, a cos'avrebbe detto, cos'avrebbe fatto. Sa di non essere sola. Il papà è sempre lì, al suo fianco.

Oggi, Kamal è in piedi accanto a Giulia. Ci ha tenuto ad accompagnarla all'aeroporto. Negli ultimi tempi, la loro vita assieme non si limita più ai fugaci incontri all'ora di pranzo. Lui si è rivelato un sostegno preziosissimo per Giulia, ha appoggiato senza remore ogni sua idea, dimostrandosi entusiasta, intraprendente e pieno d'inventiva. Prima era il suo amante, ora è diventato il suo complice e il suo più intimo confidente.

Ecco l'aereo, finalmente. Mentre guarda quel puntino bianco in cielo che pian piano s'ingrandisce, Giulia d'un tratto si dice che il loro futuro è tutto lì, chiuso nella stiva di quel cargo dalla sagoma bombata. Stringe la mano di Kamal, e in quell'istante sente che non sono più due esseri separati che vagano alla cieca nei meandri dell'esistenza, ma un uomo e una donna legati l'uno all'altra, indissolubilmente. Non le importa di ciò che dirà la mamma, né di cosa penseranno i parenti e i vicini. Al fianco di quest'uomo che le ha rivelato la sua vera natura, lei oggi si sente una donna. Quella mano, Giulia non ha intenzione di lasciarla. La stringerà spesso negli anni a venire, la stringerà per strada, al parco, nel reparto maternità, la stringerà nel sonno e al culmine del piacere, la stringerà piangendo e mettendo al mondo i loro figli. Quella mano, Giulia la trattiene a lungo.

L'aereo atterra e, infine, si ferma. Le casse vengono scaricate in fretta e inviate al centro di smistamento, dove gli addetti si mettono rapidamente all'opera.

Nel deposito, Giulia firma un documento in cui dichiara che prende possesso delle merci. Il pacco è lì, davanti a lei, non più grande di una valigia. Tremando, prende una taglierina e l'affonda nel cartone. Appaiono le prime capigliature. Con delicatezza, raccoglie una ciocca: capelli lunghi, lunghissimi, neri come la pece. Sicuramente capelli di donna, morbidi e spessi. Lì accanto c'è un'altra chioma, un po' meno lunga, ma soffice come seta o velluto; sembrano i capelli di una bambina. Sono stati acquistati il mese scorso al tempio di Tirupati, il luogo di culto più visitato al mondo – ha precisato il suo contatto indiano –, più della Mecca e del Vaticano. Quel dettaglio le è rimasto profondamente impresso. Giulia allora pensa agli uomini e alle donne che hanno donato i propri capelli, a quelle persone che non conosce e non incontrerà mai. La loro offerta è un regalo del Signore. Giulia vorrebbe abbracciarli, ringraziarli. Non sapranno mai che fine hanno fatto i loro capelli, che viaggio incredibile hanno dovuto affrontare, che odissea. Ma la loro avventura è appena iniziata. Un giorno qualcuno, da qualche parte nel mondo, indosserà i capelli che le sue operaie avranno districato, lavato e trattato. E quella persona non potrà mai immaginare quale lotta lei ha dovuto condurre perché tutto ciò fosse possibile. Indosserà quei capelli, che forse saranno il suo orgoglio, esattamente come ora sono quello di Giulia. A questo pensiero, sorride.

Con la mano di Kamal stretta nella sua, Giulia sente di aver finalmente trovato il suo posto. Il laboratorio è salvo, suo padre può riposare in pace. Un giorno, i loro figli raccoglieranno l'eredità di famiglia. Lei insegnerà loro il mestiere e li porterà su quelle strade che un tempo aveva percorso assieme a lui, sulla Vespa.

Di tanto in tanto, quel sogno si riaffaccia nelle sue notti. Ma Giulia non ha più nove anni. E, anche se non salirà mai più sulla Vespa di suo padre, sa che il futuro è pieno di promesse.

E che ora le appartiene.

Sarah

Montréal, Canada

Sarah cammina lungo le strade coperte di neve. In questo inizio di febbraio, le temperature sono polari, ma lei è grata all'inverno: è l'alibi perfetto. È grazie a lui se il suo berretto si confonde nella folla dei passanti infagottati come lei per combattere il freddo. Incrocia un gruppetto di bambini in fila per due, che si tengono per mano. In mezzo a loro, una bimba indossa il suo stesso cappello; Sarah le lancia uno sguardo complice e divertito.

Continua a camminare. Nella tasca del cappotto ha il bigliettino che le ha dato una donna conosciuta in ospedale, qualche settimana fa. Erano sedute nella stessa stanza, in attesa della terapia, e avevano cominciato a chiacchierare, spontaneamente, come due clienti in un caffè. Avevano continuato a parlare per tutto il pomeriggio. Ben presto, la conversazione aveva assunto un tono intimo, come se la malattia le avvicinasse, creasse tra loro un legame invisibile. Sarah aveva letto molte testimonianze online, sui forum e sui blog, tanto che a volte aveva la sensazione di far parte di un club, di un gruppo di persone informate, che sanno, che *ci sono passate*. C'erano i guerrieri più anziani, i Jedi, che non erano alla loro prima battaglia, e i novellini della malattia, i Padawan. Questi ultimi, come lei, avevano tutto da imparare. Quel giorno, la donna dell'ospedale - sicuramente una Jedi che aveva già combattuto diverse battaglie, anche se manteneva un certo riserbo sulla sua malattia - aveva accennato a quel negozio di parrucche dal personale competente e discreto. Aveva dato a Sarah il biglietto da visita; le sarebbe potuto servire, *al momento opportuno*. Nella lotta per sconfiggere la malattia, l'autostima è fondamentale, diceva la donna. L'immagine che ti rimanda lo specchio dev'essere un alleato, non un nemico, aveva concluso con aria saggia.

Sarah aveva messo via il bigliettino e non ci aveva più pensato. Aveva fatto il possibile per rimandare, ma alla fine aveva dovuto fare i conti con la realtà.

Il *momento opportuno* è arrivato. Sarah si dirige verso il negozio camminando lungo le strade innevate. Avrebbe potuto prendere un taxi, e invece ha scelto di camminare. È come un pellegrinaggio, una strada che deve percorrere a piedi, un rito di passaggio. Andare in quel luogo significa molte cose, significa accettare, finalmente, la malattia. Smettere di rifiutarla, di negarla. Guardarla in faccia per quello che è: non come una punizione, una fatalità, una maledizione da accettare passivamente, ma come un fatto, come uno dei tanti imprevisti della vita, come una prova da affrontare.

Mentre si avvicina al negozio, Sarah è investita da una sensazione indefinibile. Non è un déjà-vu e neppure una premonizione, no, è qualcosa di più profondo, una sensazione diffusa che s'impossessa dei suoi pensieri, della sua anima, come se - chissà quando - avesse già percorso queste vie. Eppure è la prima volta che si avventura in questo quartiere. Senza capire perché, sente che laggiù c'è qualcosa per lei. Qualcosa che l'attende da molto tempo.

Spinge la porta del negozio. Una donna elegante l'accoglie cortesemente e la invita a seguirla lungo un corridoio, fino a una stanzetta in cui ci sono solo una poltrona e uno specchio. Sarah si leva il cappotto, appoggia la borsa. Esita un istante prima di togliersi il berretto. La donna la osserva per un attimo, senza dire nulla.

Ora le mostro i nostri modelli. Ha già un'idea di cosa cerca?

Il tono della sua voce non è né ossequioso né compassionevole. È corretto, senza fronzoli. Sarah si sente immediatamente a suo agio. È evidente che sa di cosa parla. Avrà già incontrato decine, centinaia di donne nelle sue condizioni. Ne vedrà chissà quante al giorno. Eppure, in questo istante, Sarah ha l'impressione di essere unica, o almeno di essere trattata come tale. Non drammatizzare né banalizzare è un'arte, che la donna esercita con grande delicatezza.

Sarah è imbarazzata, non sa cosa rispondere. Non ci ha mai pensato. Vorrebbe... una cosa viva, naturale. Qualcosa che le somigli, insomma. È un po' sciocco, riflette, com'è possibile che dei capelli estranei possano starle bene, accordarsi col suo viso, con la sua personalità?

La donna sparisce per qualche istante, poi ricompare con delle cappelliere. Dalla prima estrae una parrucca color mogano: sintetica, prodotta in Giappone, precisa la commessa. La rovescia e la scuote energicamente. Nelle scatole, i capelli tendono a riempirsi di pieghe, bisogna fargli riacquistare un aspetto naturale, le spiega. Sarah la prova, non molto convinta. Stenta a riconoscersi sotto quella folta massa di capelli, non si sente a suo agio con quella palla di pelo, sembra travestita. Ottimo rapporto qualità-prezzo, ma non è uno dei nostri prodotti migliori, commenta la commessa. Dalla seconda scatola estrae un'altra parrucca, anche questa sintetica, ma di qualità più alta, « extra comfort ». Sarah non sa cosa dire, rimane un po' perplessa di fronte all'immagine riflessa dallo specchio, che decisamente non riconosce. La parrucca in sé non è male, non ha niente che non vada, è solo che fa un effetto da... parrucca. No, impossibile, meglio un foulard o un berretto. A quel punto, la donna prende la terza scatola, l'ultima, che contiene un modello diverso. Fatto con capelli veri, precisa. Un prodotto raro e costoso, ma che per alcune clienti vale il prezzo. Sarah osserva la parrucca, stupita: i capelli sono dello stesso colore dei suoi, sono lunghi, spessi, lisci come la seta e straordinariamente morbidi. Capelli indiani, dice la donna. Le ciocche sono state trattate, depigmentate e tinte in Italia, in Sicilia, per poi essere fissate, capello per capello, su una base di tulle in un piccolo laboratorio artigianale. La parrucca è stata prodotta con una tecnica particolare, un procedimento lungo ma che dà risultati più resistenti rispetto all'uncinetto. Ci sono volute ottanta ore di lavoro e circa centocinquantamila capelli. È un articolo rarissimo. Un vero prodotto di nicchia, aggiunge con orgoglio.

La donna aiuta Sarah a indossare la parrucca. Bisogna farla scorrere da davanti; all'inizio sembra difficile, ma ci si abitua alla svelta, le dice; col tempo, non avrà neppure più bisogno dello specchio. Può farli tagliare da un parrucchiere, se vuole, in base ai suoi gusti. La manutenzione è semplicissima, basta un po' d'acqua e di shampoo, come se si trattasse dei suoi capelli. Sarah solleva la testa e si guarda allo specchio: di fronte a lei c'è una donna nuova, una donna che le somiglia e che al tempo stesso è un'altra. È una sensazione stranissima. Riconosce i suoi lineamenti, il suo colorito pallido, i suoi occhi stanchi. Sì, è lei, non c'è dubbio. Sarah tocca i capelli, li scosta, li plasma, li modella, non tanto nel tentativo di appropriarsene, quanto di addomesticarli. I capelli non oppongono resistenza, si lasciano domare, docili, generosi. Lentamente si concedono, abbracciano l'ovale del suo volto. Sarah li appiattisce, li accarezza, li pettina, quasi riconoscente per la loro ubbidienza. A poco a poco, quei capelli estranei diventano suoi, si armonizzano col suo viso, con la sua figura, coi suoi lineamenti.

Sarah osserva il proprio riflesso. E d'un tratto sente che questa chioma le ha restituito tutto ciò che aveva perso. Il suo coraggio, la sua dignità, la sua forza di volontà, tutto ciò che fa di lei la persona che è: una donna forte, fiera. E bella.

All'improvviso, si sente pronta. Si volta verso la donna e le chiede di rasarle la testa. Vuole farlo qui, adesso. Comincerà a indossarla a partire da oggi. Non si vergogna di tornare a casa così. E poi senza capelli sarà più facile sistemare la parrucca. Prima o poi dovrà farlo, e allora tanto vale farlo adesso, visto che ne ha la forza.

La donna annuisce. Comincia a passare il rasoio sulla sua pelle, con mano delicata ed esperta.

Quando Sarah riapre gli occhi, esita per qualche secondo, sorpresa. Così rasata, la sua testa sembra più piccola. Somiglia a Hannah quando aveva un anno, prima che le crescessero i capelli. Una neonata, ecco cosa sembra. Prova a immaginare la reazione dei suoi figli: di sicuro si stupirebbero vedendola così. Un giorno mostrerà loro quel cranio liscio. Forse. Magari tra un po'.

O forse mai.

Posa la parrucca sulla testa glabra, come le ha mostrato la donna, e sistema quei capelli che sono diventati suoi. Guardando la sua immagine riflessa, Sarah è colta da una certezza: lei vivrà. Vedrà crescere i suoi figli. Sarà con loro quando diventeranno adolescenti, adulti, quando avranno dei bambini. Più di qualunque altra cosa, desidera scoprire quali saranno i loro gusti, conoscere i loro amori, le loro doti, i loro talenti. Accompagnarli lungo la strada della vita, essere una madre amorevole, dolce e premurosa che cammina al loro fianco.

Da questa battaglia lei uscirà vittoriosa; magari esangue, ma tutta intera. E non le importa se ci vorranno mesi, anni di terapia, non le importa quanto tempo occorrerà, d'ora in poi dedicherà tutte le sue energie, e ogni minuto, ogni secondo della sua vita, a lottare anima e corpo contro la malattia.

Non sarà mai più Sarah Cohen, la donna potente e sicura di sé che molti ammiravano. Non sarà mai più invulnerabile, mai più una Wonder Woman. D'ora in poi sarà soltanto se stessa, Sarah, una donna segnata, maltrattata dalla vita, ma che continuerà a vivere, con le sue cicatrici, le sue debolezze e le sue ferite. Non le nasconderà più. La sua vita di prima era un inganno. Quella vera inizia adesso.

Quando la malattia le concederà un po' di tregua, fonderà uno studio tutto suo, coi clienti che crederanno ancora in lei e che vorranno seguirla. Farà causa allo studio Johnson & Lockwood. Sarah è un ottimo avvocato, uno dei migliori in città. Denuncerà pubblicamente la discriminazione di cui è stata vittima, in nome delle migliaia di uomini e donne che il mondo del lavoro ha condannato troppo in fretta e che, come lei, sono costretti a sopportare una doppia sofferenza. Combatterà per loro. È la cosa che sa fare meglio. Sarà questa la sua lotta.

Cambierà vita, trascorrerà più tempo coi suoi figli, prenderà dei giorni di permesso per le feste e per le recite di fine anno. Non si perderà mai più nemmeno un compleanno. Li porterà in vacanza, in estate andranno in Florida, in inverno a sciare. Non permetterà a nessuno di portarle via quei momenti assieme a loro, quei momenti che sono una parte così grande della sua vita. Non ci sarà mai più nessun muro, nessuna bugia. Non sarà mai più una donna divisa a metà.

Nel frattempo, dovrà lottare contro il mandarino, con le armi che la natura le ha concesso: il coraggio, la forza, la determinazione, e anche l'intelligenza. La famiglia, i figli, gli amici. E poi tutti i medici, gli infermieri, gli oncologi, i radiologi, i farmacisti, che ogni giorno lottano con lei, al suo fianco. All'improvviso le sembra di essere all'inizio di un'epopea leggendaria, circondata da un'energia eccezionale. Sente una corrente calda che l'attraversa, un'euforia nuova, una farfalla sconosciuta che agita piano le ali, dentro di lei.

Là fuori c'è il mondo, c'è la vita, ci sono i suoi figli. Oggi, andrà ad aspettarli all'uscita da scuola. Immagina già il loro stupore: non è mai andata a prenderli. Hannah probabilmente si commuoverà. I gemelli le correranno incontro. Le chiederanno del suo nuovo taglio, dei suoi capelli. E allora Sarah glielo spiegherà. Gli racconterà tutto, del mandarino, del lavoro, della guerra che dovranno combattere assieme.

Mentre si allontana dal negozio, Sarah pensa alla donna che, all'altro capo del mondo, in India, ha donato i suoi capelli, pensa alle operaie siciliane che li hanno districati e lavorati con pazienza. Pensa alla donna che li ha assemblati. E si dice che tutto l'universo, assieme, lavora per la sua guarigione. Le viene in mente una frase del Talmud: « Chi salva una vita, salva il mondo intero ». Oggi, il mondo intero la sta salvando, e Sarah vorrebbe soltanto dire *grazie*.

Pensa che oggi è qui, viva, decisamente viva.

E che lo sarà per moltissimo tempo ancora.

E, a questo pensiero, sorride.

EPILOGO

Il lavoro è finito.
La parrucca è pronta, davanti a me.
Il sentimento che provo è speciale.
Nessuno assiste a questa emozione.
È una gioia che appartiene solo a me,
il piacere della fatica conclusa,
l'orgoglio per il lavoro ben fatto.
Come una bimba davanti al suo disegno, sorrido.

Penso a questi capelli,
al posto da cui vengono,
alla strada che hanno fatto,
e a quella che ancora li attende.
Il cammino sarà lungo, lo so.
Loro vedranno più mondo
di quanto ne vedrò mai io,
chiusa nel mio laboratorio.
Che importa, il loro viaggio è anche il mio.

Dedico la mia opera alle donne,
legate dai loro capelli,
come una grande rete di anime.
Alle donne che amano, partoriscono, sperano,
che cadono e si sollevano, mille volte,
che mille volte si piegano ma non si arrendono.
Conosco le loro battaglie,
ne condivido lacrime e gioie.
In ognuna di loro c'è una parte di me.

Sono solo un tramite,
un legame fragile
che si trova
nel punto d'incontro delle loro vite,
un filo esile che le tiene unite,
sottile come un capello,
invisibile al mondo e agli occhi.

Domani, mi rimetterò al lavoro.
Altre storie mi attendono.
Altre vite.
Altre pagine.

RINGRAZIAMENTI

A Juliette Joste, per il suo entusiasmo e la sua fiducia.

A mio marito Oudy, per il suo instancabile supporto.

A mia madre, la mia primissima lettrice, fin da quand'ero bambina.

A Sarah Kaminsky, che è stata al mio fianco in ogni fase di questo libro.

A Hugo Boris, per il suo preziosissimo aiuto.

A Françoise dell'Atelier Capilaria di Parigi, per avermi aperto le porte e avermi raccontato il suo mestiere.

A Nicole Gex e Bertrand Chalais, per i loro saggi consigli.

Ai documentaristi dell'Inathèque, che mi hanno aiutato nelle mie ricerche.

E infine ai miei maestri e professori di francese, che fin dall'infanzia mi hanno fatto scoprire il piacere della scrittura.

Questo libro è stampato col sole

Azienda carbon-free

Certificato PEFC
Questo prodotto è realizzato con materia prima da foreste gestite in maniera sostenibile e da fonti controllate
PEFC
PEFC/18-31-226
www.pefc.it

Fotocomposizione Editype S.r.l.
Agrate Brianza (MB)

Finito di stampare
nel mese di maggio 2024
per conto della Casa Editrice Nord s.u.r.l.
da Grafica Veneta S.p.A. di Trebaseleghe (PD)
Printed in Italy